AF460379

CYMON,

PASTORALE DRAMATIQUE;

PAR

DAVID GARRICK, *Ecuyer.*

REPRÉSENTÉE *pour la première fois sur le Théatre Royal de* DRURY-LANE, *l'année 1767.*

TOME PREMIER.

M. DCC. LXXXIV.

CYMON, Romance dramatique, par DAVID GARRICK, Ecuyer. Le sujet de cette Pièce est tiré des Poèmes de JOHN DRYDEN, Ecuyer. Elle fut représentée pour la première fois sur le Théatre Royal de Drury-Lane en 1767, & reçue avec de grands applaudissemens. Elle continue d'avoir le même succès.

PROLOGUE

Prononcé par M. K I N G, *le premier jour de l'an.*

J'ACCOURS à la prière de mes confrères, pour vous offrir les souhaits du jour..... Un ancien proverbe dit : « comme tu commence l'année, tu la finiras ». Si quelqu'un de vous a été sévère aujourd'hui, il le sera pendant douze mois ; si l'épouse accariatre gronde aujourd'hui son mari, elle chantera la même game jusqu'à ce que le soleil ait fini le tour du *Zodiaque*.... Enfans *d'Esculape* & de *Themis*, soyez désintéressés aujourd'hui, sinon les mains vous démangeront toute l'année.... Les Nouvelliſtes sont exceptés de mon proverbe, ils mentent tous les jours, ce mal eſt sans remède.... Vous gens d'esprit assemblés dans ce lieu, ne donnez pas l'essor à votre critique ; si vous êtes rigide ce soir, quel présage pour la suite. (*en s'adressant à la seconde galerie.*) Vous qui aux jours de Fêtes êtes les Patrons de ces lieux, applaudissez & l'on vous imitera. Ne vous attachez pas à l'intrigue de la Pièce, au dialogue, au style, & à l'esprit; ce sont des bagatelles qu'on passe sous silence, *l'essentiel* sont les *ballets*, les *décorations*, les *habillemens*, les *démons*, & les *esprits aëriens ;* vous serez étonnés du spectacle: mais ce qui vous surprendra davantage, c'est ma voix. Si vos oreilles sont délicates, je suis perdu. Mon rôle est fatiguant pour un homme qui *chancelle* (1);

(1) M. King joua le rôle de Linco, étant à peine rétabli d'une jambe cassée. Le mérite de cet Acteur ajouta au succès de la Pièce qui fut remise au Théatre après sa longue convalescence.

daignez me sourire, & mon courage va renaître; à peine rétabli d'une chûte, que votre indulgence m'en épargne une plus douloureuse.

A 3

ACTEURS.

MERLIN, *Enchanteur.*

CYMON, *jeune Prince aimé & enlevé par Urgande.*

DORUS, *Gouverneur d'Arcadie.*

LINCO, *son Député.*

DAMON, } *Bergers.*
DORILAS, }

L'HYMEN,

CUPIDON.

URGANDE, *Fée.*

SILVIE, *jeune Princesse inconnue.*

FATIME, *Suivante d'Urgande.*

Iere. BERGERE,

IIe. BERGERE,

DORCAS, *vieille femme.*

DES DEMONS, DES CHEVALIERS, DES BERGERS, *&c. &c. &c.*

La Scène se passe en Arcadie.

CYMON,

PASTORALE DRAMATIQUE.

ACTE PREMIER.

Le Théatre représente le Palais D'URGANDE.

SCENE PREMIERE.

MERLIN, URGANDE.

URGANDE.

Ecoute-moi, Merlin! de grace, écoute-moi!

MERLIN.

Ah! je ne t'ai que trop écouté! trop long-temps j'ai reçu tes vœux & tes sermens; n'as-tu pas employé, pour me séduire, tout l'art dont ton sexe est capable? Insensé! je me flattois qu'un tendre retour récompensoit ma flamme; & toi cependant plus inconstante, plus légère, plus ingrate qu'une vile mortelle, tu m'abandonnes.... & pour qui? pour un jeune imbécile.

URGANDE.

Puis-je souffrir un tel discours de la part de Merlin!

MERLIN.

Tu souffriras bien plus encore, tu m'as trop outragé.

URGANDE.

Eh bien! je veux réparer cet outrage.

MERLIN.

Commence donc dès-à-présent; rends ton cher Cymon à sa famille désolée.

URGANDE.

Eh! quoi! peux-tu penser que ce pauvre imbécile ait quelques charmes pour moi?

MERLIN.

Tous les jours, un sot fait tourner la tête des femmes, & ses succès devroient nous servir de leçon.

URGANDE.

Tu me juges mal, Merlin, la pitié qu'inspire le triste état de ce jeune homme, mon amitié pour son père, voilà ce qui m'a fait entreprendre sa guérison.

MERLIN.

Perfide! c'est l'amour seul qui t'a inspirée; n'as-tu pas enlevé ce Prince à son malheureux père? Pourquoi le cacher à tous les yeux, tandis que cent Chevaliers le cherchent par toute la terre? Infidèle!

toi qui fus destinée pour gouverner l'heureuse Arcadie, pour y faire règner l'innocence & la paix, apprends que si ce peuple fut long-temps heureux, c'est à la vertu seule qu'il a dû son bonheur.

URGANDE.

Par pitié, épargne ma honte & mes remords.

MERLIN.

Autrefois les jours des Arcadiens s'écouloient dans la plus douce tranquillité; mais entraîné par ton exemple, tes sujets se sont livrés à leurs passions; ils sont devenus vains, légers, égoïstes & méchans; toi seule a causé cet affreux changement: c'est toi seule qu'ils doivent maudire.

URGANDE.

Parlons sans emportement.

MERLIN.

Je ne veux plus te voir. . . . & cependant . . . . je sens que je ne pourrai jamais te haïr . . . Mais il me reste encore une consolation, les maux que ta folle passion te prépare, égaleront du moins les tourmens de ma jalousie. « Sans cesse soupirer, désirer sans » cesse, sans pouvoir jamais satisfaire tes desirs, » voilà ta destinée, & voilà ma vengeance. Oui, » cruelle, mon art confondra le tien, & la guérison » de Cymon te laissera une blessure dont tu ne gué» riras jamais. (*Merlin sort.*)

URGANDE, *seule.*

« Et la guérison de Cymon te laissera une blessure dont tu ne guériras jamais. . . ». Que veut-il dire » ? Et quel est le mystère que renferme ce discours ?

SCENE II.

FATIME, *en observant Merlin.*

FATIME.

JE vous parlerai, Madame, lorsqu'il sera éloigné ; je suis sûr qu'il médite une vengeance, & une terrible vengeance. Je crains qu'il n'use de violence avec vous, & que pour ma part il ne me coupe la langue. Ah ! que je voudrois bien être hors de ses griffes !

URGANDE.

Rassure-toi, Fatime.

FATIME.

Je ne puis ; il paroît trop irrité ! . . . .

URGANDE.

Voici ta défense (*montrant sa baguette*,) mon pouvoir égale au moins le sien, (*elle chante à demi-voix*) « & la guérison de Cymon . . . . ».

FATIME.

A quoi bon vous occuper à chercher le sens de ces derniers vers, prononcés dans la chaleur de la passion, ou peut-être pour la rime ? Songez plutôt aux moyens de nous débarrasser de ce vieux méchant sorcier....... Mais, que ferez - vous, Madame ?

URGANDE.

Que puis-je faire, Fatime ?

FATIME.

Je connois un moyen facile de concilier toutes choses; il plaira à Merlin, j'en suis sûr; mais vous plaira-t-il de même. . . .

URGANDE.

Ah ! dis-moi ce qu'il faut faire ?

FATIME.

Epousez Merlin & renvoyez votre imbécile.... (*Urgande secoue la tête*,) Je m'en suis doutée. . . . Voilà bien notre sexe ! L'homme de vingt ans est toujours celui que nous préférons.... Mais avant que le mal augmente, & soit sans remède, trouvez bon que je vous parle raison un moment ?

URGANDE, *soupirant*.

Fatime ! j'aime.....

FATIME.

Adieu donc, la raison. . . . . c'est en vérité tout

comme moi! .... Hélas ! nous sommes toutes de même.... mais il y a néanmoins quelque différence entre nous.... Vous avez, Madame, enlevé un jeune homme, un niais qui n'a pour lui que sa jeunesse & sa beauté : assurément un pareil choix fait peu d'honneur à votre esprit, à votre pouvoir & à vos charmes.

URGANDE.

Tous ces charmes n'ont aucun prix à mes yeux, puisqu'ils n'ont pu toucher le seul objet à qui je voulois plaire.

ARIETTE.

« Ah ! si ma beauté pouvoit animer son cœur ! Si mon génie pouvoit éclairer son esprit ! Si mon art pouvoit enchaîner toutes ses facultés ! Mais ! non, l'ingrat brave à la fois & mes attraits & ma puissance. Toute ma vie s'exhale en vains soupirs.... »

FATIME.

Passer toute sa vie à soupirer ! Quelle honte pour vous, Madame : votre Cymon est un idiot que rien ne peut toucher, rien ne l'amuse ; retourner son bonnet ; chasser des papillons, voilà le seul plaisir qu'il connoisse. En vérité, Madame, un pareil galant est adorable.

URGANDE.

J'espère qu'il reprendra bientôt l'usage de ses sens, son esprit commence déja à se développer.

FATIME.

Où donc, Madame, je vous prie ?

URGANDE.

Dans ses yeux.

FATIME.

Ses yeux...... ha, ha, ha, ha ! l'amour n'en a point; & quand on aime on ne voit que par son cœur. Cymon est né insensible, & jamais ses yeux n'auront ce regard que vous désirez... croyez-m'en sur ma parole, Madame.

URGANDE.

Ne me désoles pas, ma chere Fatime ?

FATIME.

Ne perdez donc pas un temps que vous pourriez mieux employer. L'apanage de la beauté est d'inspirer des folies, & non de les guérir.... moi qui ne suis autre chose que la pauvre Fatime, j'aurois tourné la tête à vingt hommes, des plus sages, pendant le temps que vous avez perdu à donner de la sensibilité à votre sot amant. Oh ! c'est bien mal connoître le prix des instans.

URGANDE.

Laisses-moi, Fatime, cesse de railler sur une passion qui fait mon malheur.

FATIME.

Je ne raille point, Madame; mais que vois-je, (*en regardant vers les coulisses.*) Ah ! c'est lui-même ! oui, c'est le charmant objet de votre flamme.....

URGANDE.

Il paroît triste : quelle en peut-être la cause ?

FATIME.

S'il étoit moins sot, il pourroit s'amuser avec nous.... mais je vous laisse ensemble, faites-en tout ce qu'il vous plaira.

URGANDE.

Restes, Fatime.... tu m'aideras à l'égayer.

FATIME.

Que je plains une femme qui a besoin de secours pour égayer son amant ; cependant vous pouvez compter sur mes services.

URGANDE.

ARIETTE.

« Que tous les esprits soumis à mon empire se réunissent ici! Que les ténèbres qui obscurcissent l'intelligence de mon amant se dissipent ! Que les charmes de la musique fondent les glaces de son cœur. Qu'il s'ouvre à la joie & qu'il reçoive enfin les douces impressions de l'amour ».

SCENE III.

CYMON, *entre d'un air triste.*

POURQUOI chantez-vous? Ah! (*il soupire.*)

FATIME.

Qu'avez-vous, mon enfant?

CYMON, *soupirant.*

Ah!

URGANDE.

Etes-vous malade, mon cher Cymon?

CYMON.

Non.... je me porte très-bien.

URGANDE.

Pourquoi donc soupirez-vous?

CYMON.

Hé! (*regardant d'un air niais.*)

FATIME.

Voyez-vous maintenant son esprit dans ses yeux?

URGANDE.

Tais-toi..... que désirez-vous? Dites-le-moi, Cymon.... dites ce qui peut vous plaire, & je vous l'accorderai.

CYMON.

Vous me l'accorderez....

URGANDE.

Oui, Cymon, parlez?

FATIME.

Maintenant, voyons-ceci?

CYMON.

Je souhaite.... hélas!

URGANDE, *à part à Fatime.)*

Ces soupirs signifient quelque chose.

FATIME.

Je vous en félicite, Madame; mais tâchez donc de savoir ce qu'il veut.

URGANDE

Pourquoi soupirez-vous?

CYMON.

C'est que je voudrois.... (*& soupirant.)*

URGANDE, *d'un air empressé.*

Quoi? dites; parlez, mon cher Cymon?

CYMON.

M'en aller.

FATIME.

Fort bien.... c'est donc-là la cause secrète de tant de soupirs?

URGANDE.

Vous voulez-donc me quitter?

CYMON.

Oui.

URGANDE.

Pourquoi?

CYMON.

Je n'en sais rien.

URGANDE.

Et où voulez-vous aller?

CYMON.

Par-tout.

URGANDE.

Vous aimez-donc mieux être ailleurs qu'ici, avec moi ?

CYMON.

J'aimerois mieux aller je ne ſais où, que de rester avec qui que ce soit.

URGANDE.

Vous ne m'aimez donc pas, puisque vous désirez me quitter.

CYMON.

Vous aimer, qu'est-ce que cela veut dire?

URGANDE.

Ne sentez-vous rien-là, Cymon, là, dans votre cœur?

CYMON.

Oui.

URGANDE.

Que sentez-vous ?

CYMON, *en soupirant.*

Je n'en sais rien.

URGANDE.

C'est un soupir, Cymon; est-ce à moi qu'il s'adresse?

CYMON.

Oui, en vérité, c'est à vous.

URGANDE.

Je suis donc heureuse?

FATIME, *à part.*

Ma pauvre maîtresse!

URGANDE.

Mais, dites-moi, Cymon, comment suis-je la cause de vos soupirs?

CYMON.

Parce que vous me retenez.

FATIME, *à part.*

Que je plains son aveuglement!

URGANDE.

M'aimerez-vous, Cymon, si je vous laisse la liberté?

CYMON.

Je ferai tout ce que vous voudrez, pourvu que vous me laissiez partir. Ah! Madame, ne differez pas mon bonheur.

URGANDE.

Mais vous ne pouvez pas m'aimer, & désirer de me quitter?

CYMON.

Laissez-m'en faire l'essai?

FATIME, *à part*.

Je perds patience....(*haut.*) En vérité, jeune homme, je ne vous conçois pas? Quel demon vous possède? Si vous aviez le sens commun, ou seulement une étincelle de sensibilité, vous vous estimeriez le plus heureux des hommes.

CYMON.

J'aime cependant mieux m'en aller.

FATIME, *à part*, *à Urgande*.

C'est le vrai portrait de tout son sexe. Ah! Madame! vous ne gagnerez rien par la tendresse, essayez un peu la coqueterie, & vous parviendrez à plaire; c'est l'amorce où se prennent tous les hommes.

URGANDE, *à Cymon*.

Quoi! vous aimez mieux vous en aller, que de vivre ici dans l'abondance, d'être aimé de moi, & de commander dans ces lieux?

CYMON.

Commander dans ces lieux!

URGANDE.

Oui, mon cher Cymon, accordez-moi votre tendresse, & je vous ferai partager ma puissance.... vous regnerez sur moi, & sur tous mes sujets.

CYMON.

Ho, dame!

FATIME.

L'imbécile!

URGANDE.

Je veux lui montrer l'étendue de mon pouvoir, & séduire, s'il se peut, son cœur par ses sens.

FATIME.

Je crains fort que vous n'y réussissiez pas!

(*URGANDE fait un mouvement avec sa baguette, & le Théatre se change en un magnifique palais. Cupidon & les Amours descendent dans un nuage.*)

CUPIDON *chante l'Ariette suivante.*

« Ah! pourquoi me rappelle-tu? C'est en vain, c'est en
» vain; le pouvoir d'un Dieu ne peut l'animer. Hélas! c'est en
» vain que tu t'obstines. O Vénus! ô ma Mère! donnes-lui
» quelque objet nouveau; car mes traits s'émoussent, &
» mon carquois s'épuise sur celui-ci.

» C'est en vain, &c, &c.

(*Cupidon & sa suite dansent; au moment du Ballet, Cymon les regarde, & peu-à-peu il s'endort*)

URGANDE.

Tu le vois, Fatime; rien ne peut toucher son cœur.... Mais, cependant, quelle aimable simplicité!

FATIME.

Il faut l'envoyer paître avec les moutons, & n'y plus songer, car (comme dit la chanson) *tous vos soins sont perdus.*

URGANDE.

Cymon, Cymon, quoi! vous êtes donc insensible à ces amusemens! Etes-vous mort?

CYMON, *en se levant.*

Mort! j'espere que non.

URGANDE.

Est-il possible que ce spectacle ne vous amuse pas?

CYMON.

Ils m'ont tant ennuyé, que je leur ai souhaité le bon soir, & me suis endormi.... Mais, où sont-ils?

URGANDE.

Ils sont partis.

CYMON, *en s'en allant.*

Laissez-moi m'en aller aussi?

FATIME.

Toujours le même refrain?

URGANDE.

Où voulez-vous aller? je vous y accompagnerai?

CYMON.

Ho! non, j'irai bien tout seul.

URGANDE.

Répondez-moi; où irez-vous?

CYMON.

Dans les champs.

URGANDE.

Ne trouvez-vous pas mes jardins plus agréables que les champs ; mon palais ne vaut-il pas une chaumière, & ma compagnie n'est-elle pas préférable à celle des Bergers?

CYMON.

Comment puis-je le savoir? Tant que je n'en aurai pas fait l'essai, je ne puis vous répondre.

ARIETTE.

« La semaine dernière vous me donnâtes une linotte ; sa » cage étoit belle & dorée, elle s'y ennuyoit & faisoit de » vains efforts pour en sortir. Je lui donnai sa liberté, bientôt » elle reprit sa gaieté, & revint, toute joyeuse ».

J'en ferois autant si j'étois libre.

URGANDE.

Dis-moi, Cymon, reviendrois-tu!

CYMON.

Sans doute, je n'ai pas d'autre endroit où je puisse aller.

FATIME.

Laissez-le partir, Madame, rendez-lui sa liberté; livrez-le à lui-même, vous verrez qu'il changera, &

vous en deviendrez maitresse ; encore un coup, Madame, l'indifférence ! voilà la recette dont il faut user avec les hommes.

URGANDE.

Je suivrai ton conseil, Fatime.... Hé bien, Cymon, vous pouvez aller où vous voudrez, & pour aussi long-temps que vous le trouverez à propos ?

CYMON.

Ho, dame ! je vous apporterai des nids d'oiseaux & des fleurs... puis-je aussi donner la liberté à ma linotte ?

FATIME.

Les charmantes petites créatures ! elles sont faites pour vivre ensemble.

URGANDE, *lui donnant un bouquet.*

Tenez, Cymon, prenez ce bouquet, en le portant songez à moi. (*à part.*) S'il ne lui inspire pas de l'amour, il servira du moins à me rappeller à son souvenir. (*haut.*) Allez, Cymon, prenez votre linotte, & soyez plus heureux ailleurs que chez moi?

CYMON, *d'un air joyeux.*

Me voilà donc sorti d'esclavage, je n'aurai plus à bouder.

URGANDE, *à part.*

Sa joie me désespere.... mais cachons-lui mon chagrin. (*Elle sort.*)

FATIME.

Allons ouvrir la porte aux prisonniers.

(*Elle sort.*)

CYMON.

Et moi je vais chercher mon oiseau, & nous partirons ensemble.

ARIETTE.

« Ah! liberté, liberté! chère & douce liberté! rien n'égale
» vos attraits. Délivrez de notre esclavage ; ma linotte & moi
» sommes heureux ; ensemble nous prenons notre vol.

» Chère & douce liberté! rien n'égale vos attraits.

Fin du premier Acte.

ACTE II.

Le Théatre représente une Campagne.

SCENE PREMIERE.

DEUX BERGERES.

Premiere BERGERE.

QUOI! le perfide m'aura délaissée, & un autre recevra ses vœux en ma présence ! Non, je ne puis supporter cet outrage.

Seconde BERGERE.

Je t'avouerai, ma sœur, que si mon Berger manquoit à sa foi, j'en serois désespéré, & comme toi très-disposée à m'en venger. Mais enfin que feras-tu?

Premiere BERGERE.

Je ne sais trop, je sens seulement que je ne pourrai supporter un pareil affront. Ah ! si j'avois le pouvoir de notre enchanteresse, comme je prendrois plaisir à les tourmenter.

Seconde BERGERE.

Oui ; mais l'on prétend que son pouvoir ne s'étend pas sur l'amour ; ignore-tu que malgré son art

& son esprit elle aime éperduement un imbécile, & qu'elle a fait en vain tous ses efforts pous toucher son cœur.

Premiere BERGERE.

N'importe! si je ne pouvois me faire aimer, je pourrois du moins troubler leur bonheur, & ce plaisir a bien des charmes.

Seconde BERGERE.

Cependant il faut rendre justice à celle qui cause nos malheurs, elle ne cherche point l'hommage de nos Bergers, peut-elle empêcher qu'on ne l'aime?

Premiere BERGERE.

Je ne sais; mais je ne puis m'empêcher de la haïr. Les bonnes qualités de Silvie ne peuvent l'excuser à mes yeux; & lorsque je vois tous les Bergers s'empresser auprès d'elle, croirois-je qu'elle ne fait rien pour les attirer.

Seconde BERGERE, *d'un air affecté.*

Mais enfin il seroit injuste de haïr une jeune personne dont la beauté attire tous les cœurs, & dont le mérite les enchaîne.

Premiere BERGERE.

Cesse d'insulter à ma douleur! parce que tu crois ton Berger constant, tu te ris de mes maux, mais ne te flatte pas d'être plus heureuse; ton *Damon* n'est pas plus fidèle que *Dorilas*, & je ne puis souffrir ton aveugle confiance.

Seconde BERGERE.

Calmes-toi, ma sœur .... tu n'es pas avec Silvie, mais si pour te plaire il la faut haïr, je suis prête à te satisfaire ; c'est la plus insuportable créature du monde, & je voudrois la savoir bien loin d'ici.

Premiere BERGERE.

Oui, on devroit la chasser ; on ignore qui elle est, & d'où elle vient, un inconnu la laissa chez la vieille *Dorcas* ; comment, & pourquoi? c'est un mystère. Mais! je le découvrirai.

Seconde BERGERE.

Croyez - vous que vos disputes avec elle ramennent votre perfide!

Premiere BERGERE.

Je ne m'en flattes pas ; mais lorsque le cœur est accablé de douleurs, le plus prompt & le plus naturel soulagement est de parler de sa peine .... Si tu me refuse cette triste consolation, je te quitte.

SCENE II.

Les précédens, LINCO, *avec un tambour de basque.*

LINCO, *dans le fond du Théatre, chante.*

LA gaieté écarte les ennuis.

Seconde BERGERE.

Voici le joyeux Linco qui n'a jamais connu ni chagrins, ni soucis. Si tu veux lui permettre de s'égaïer sur tes peines, peut-être apprendras-tu par lui, quelque nouvelle de ton Berger ?

LINCO, *approche en chantant.*

Eh, quoi ! vous voilà, mes belles, je défiois l'amour en ce moment, & c'est sans doute pour me tenter qu'il vous place sur mon passage ; mais je suis toujours au-dessus ou au-dessous de la tentation ; je me baisse, & les flèches du petit frippon passent sans me blesser.

ARIETTE.

« Les noirs soucis n'approchent pas de l'homme joyeux » dont le cœur est en liberté ; ses joues rondes & vermeilles » ressemblent à la cerise ».

Premiere BERGERE.

Comment ! toujours le même ?

LINCO.

Toujours, mon enfant; ne voulez-vous pas que, comme vous, je me promene d'un air triste, les bras croisés comme cela... & que soupirant sans cesse je me traîne d'un pas lent le long des ruisseaux? Fi, fi, mes chers amours! jeunes & belles comme vous êtes, vous poursuivez sans cesse quelque nouvel objet, tandis que vous en pourriez captiver mille qui vous suivroient comme.... comme.... je vous ferai une autre fois la comparaison.

Seconde BERGERE.

Pourquoi pas à présent, mon cher Linco?

LINCO.

Vous le saurez un jour, ou bien je vous dirai maintenant à qui vous ne ressemblez pas.... Vous n'êtes pas comme la jeune Silvie.... elle est froide & réservée, elle fuit les amoureux, & cependant on en voit toujours une demi-douzaine qui suivent ses traces; pour vous, au contraire, vous courez après eux, & vous êtes toujours seules... Quelle différence, hélas!... l'une est de glace, les autres sont de feu.

Seconde BERGERE.

Mais, Linco, je ne me plains pas, je suis fort heureuse.

LINCO.

Ho! dame, j'en suis fâché.

Seconde BERGERE.

Comment, fâché de mon bonheur?

LINCO.

Non, non, très-aise.

Premiere BERGERE.

Quoi! de mon malheur?

LINCO.

Non, non, vous dis-je, très-aise pour l'une, & très-fâché pour l'autre.

Premiere BERGERE.

Soyez mon ami, Linco, & je vous confierai ma foiblesse.

LINCO.

Épargnez-vous cette peine, on la devine assez, mais je vais vous donner un remede qui ne vous coûtera ni salaire, ni récompense. Est-ce de l'amitié cela?

Premiere BERGERE.

De grace, Linco, sois un peu sensé?

LINCO.

Le ciel m'en préserve! Si jamais je perds ma gaieté, tout est dit pour moi; adieu, mes roses, je n'aurai plus que vos lys.

Seconde BERGERE.

Finis tes mauvaises plaisanteries, & donnes-nous ta recette.

ARIETTE, chantée par Linco.

« Je chante & je ris ; je suis libre & content, je brave l'a-
» mour & ses flèches ; c'est pourquoi, fa, la, la ! la, la, la,
» la, la ? Jamais elles ne me blessent ; mon cœur est si dur,
» ou l'amour si mal-adroit, que ce Dieu me manque tou-
» jours ; car avec le fa, la, la, & le ah, ah, ah ! je défie son
» pouvoir. Ah ! ne vous livrez jamais à la tristesse, vous qui
» habitez ces verds bocages, sachez comme moi, par une
» gaicté charmante, braver les traits du petit Dieu ; c'est
» avec le fa, la, la, qu'on triomphe de tout.

Premiere BERGERE.

Cela ne m'est pas possible.

LINCO.

En ce cas, tant pis pour vous.

Premiere BERGERE.

Ne pouvant guérir mon amour, je veux le venger.

LINCO.

Comment le vengerez-vous ?

Premiere BERGERE.

J'arracherai les yeux de Silvie.

LINCO.

Sont-ce-là vos moyens ? Ce ne sera qu'une fête pour vos ongles, & vous ne préviendrez pas le mal pour l'avenir !

Seconde BERGERE.

Comment, Linco, pouvez-vous rire du chagrin de ma sœur ?

LINCO.

Il faut bien que je rie de quelque chose. Aimez-vous mieux que je rie de vous ?

Seconde BERGERE.

Je suis heureuse, moi.

LINCO.

Silvie peut donc, tout à son aise, écouter votre Berger ?

Seconde BERGERE.

Mon Berger ! que voulez-vous dire ?

Premiere BERGERE, *avec empressement.*

Son Berger ! ah ! parlez, Linco ! expliquez-vous...

LINCO.

Ce n'est point un mystère, sans doute ; j'ai rencontré Damon avec Silvie.

Seconde BERGERE.

Mon cher Damon !

LINCO.

Votre cher Damon, & le cher Damon de Silvie si elle daigne l'accepter.

Seconde BERGERE.

C'est ce qu'il faudra voir..... L'infâme !.... Allons, ma sœur, je suivrai vos traces..... je lui apprendrai...... oui..... si notre vieux Gouverneur continue de me lorgner avec ses yeux de chèvre, je.... je la ferai chasser de l'Arcadie.

Premiere

Premiere BERGERE.

Voilà du moins une consolation, ha, ha, ha!

Seconde BERGERE.

Riez à votre aise, ma sœur.... Mais peut-être Linco s'est-il trompé; peut-être c'est votre Dorilas qu'il a vu avec elle.

LINCO.

Et votre *Damon*, & *Stephon*, & *Colin*, & *Egon*, & *Coridon*, & tous les foux de la paroisse, excepté moi, qui ne m'amuse qu'à ma chanson, fa, la, la, la, &c. &c.

Premiere BERGERE.

Je ne puis soutenir davantage son insultante gaieté. (*Elle sort*).

Seconde BERGERE.

Quel plaisir d'avoir un compagnon d'infortune!
(*Elle sort.*)

LINCO.

Ha, ha, ha! ces pauvres filles sont folles....

ARIETTE.

« L'amour les met toutes en mouvement; vous avez beau » leur parler raison, elles ne peuvent calmer leurs sens, pas » plus que les vents & l'onde ». (*Il sort*).

SCENE III.

Le Théatre représente un hameau ; Sylvie est couchée sur un banc de gazon.

MERLIN, SILVIE.

MERLIN.

GRACES à mon art ! j'ai conduit en ces lieux cette jeune Bergere qui fixera les regards de Cymon : ses charmes dissiperont les vapeurs qui obscurcissent son esprit ; ils le rendront doux & sensible ; l'indifférente Sylvie va s'attendrir à son tour ; elle rendra soupir pour soupir, & amour pour amour. Cette baguette magique (*il touche de sa baguette un panier de fleurs*,) donnera à ces fleurs la puissance d'accroître la beauté, & de fixer l'inconstance ; un charme vainqueur confondra l'art de l'infidèlle Urgande, & la guérison du Jeune Cymon fera son supplice. (*Il sort*).

SCENE IV.

CYMON, *il porte une cage où est la linotte.*

PARTEZ, aimable captif, & soyez libre. (*L'oiseau s'envole*). Ah! .... je devine où vous allez, je souhaite que vous soyez heureux.... Quel charmant séjour! ces collines, ces prairies, ces rochers, ces arbres, ces ruisseaux, ce soleil, ces oiseaux: ah! dieux! il me semble que je n'ai jamais rien vu de semblable. (*Il siffle en regardant de tous côtés; dès qu'il apperçoit Silvie, il s'arrête, & d'un air niais & étonné, cesse par degrés de siffler*). Ho! ho! qu'est-ce que ceci? ...... C'est sans doute quelque chose qui est tombé du ciel? .... Et cependant cela ressemble à une femme...... Est-ce un être vivant? (*Silvie soupire.*) Il ne peut être mort, car ses joues sont fraîches comme des roses.... j'apperçois même un mouvement auprès du cœur.... je le crains, & cependant je ne puis le quitter.... Je commence à sentir (*mettant la main sur son cœur*) quelque chose d'extraordinaire, je ne sais ce que j'ai.... je voudrois qu'il s'éveillât.... que je visse ses yeux...., s'il étoit bon & qu'il me sourît, je serois bien aise de jouer avec lui.... Ha, ha! je sens maintenant dans mon cœur quelque chose dont on m'a parlé souvent;.... cela me paroît bien étrange, & cependant cela me fait plaisir.

ARIETTE.

« Ma surprise est extrême ; je veux le contempler & l'ad-
» mirer sans cesse. Avançons ...... (*en avançant.*) Mais je
» crains .... (*en se retirant.*) Ah ! que dois-je faire ? je ne
» puis le fuir, & n'ose l'éveiller. Le toucherai-je? .....
» non, non, non ».

Que je suis aise d'être venu dans ces lieux ? Jamais je n'ai ressenti tant de plaisir .... peut-être seroit-il fâché contre moi.... mais je ne puis m'éloigner .... j'aimerois mieux sa colère qu'un sourire d'Urgande. Arrêtons-nous ..... (*Silvie s'éveille*). Ah ! le joli pied. ... (*Il se retire*).

SILVIE *se leve.*

ARIETTE.

« Charmant sommeil, trompes un moment mes sens ; en-
» velopes-moi de tes aîles légères ; que les noirs soucis enchaî-
» nés par ta puissance cessent de troubler mon repos ; comme
» une pauvre tourterelle toujours errante, arrachée dès mon
» enfance des lieux qui m'ont vu naître, chaque oiseau que
» je rencontre est pour moi un oiseau de proye ».

Hélas ! il n'y a point de repos pour les infortunés.

(*Silvie apperçoit Cymon, & s'émeut ; pendant qu'elle l'examine attentivement, il se retire quelque pas en la saluant*).

SILVIE, *d'un air confus.*

Qui êtes-vous ?

CYMON, *en hésitant & saluant.*

C'est... & mais ..... c'est moi.

SILVIE.

Quel est votre nom?

CYMON.

Cymon.

SILVIE.

Que me voulez-vous, jeune homme?

CYMON.

Rien, adorable personne.

SILVIE.

Mais, que faites-vous-là?

CYMON.

Je vous admire.

SILVIE, *à part.*

Qu'il est beau!

CYMON, *à part, en reculant.*

Les charmans yeux!

SILVIE.

Ne craignez rien, mon dessein n'est pas de vous offenser.

CYMON.

Ce n'est pas le mien non plus, laissez-moi vous regarder; dites-moi, divine inconnue, êtes-vous Fée?

SILVIE.

Non, en vérité, je ne suis qu'une simple Bergere.

CYMON.

Je ne puis le croire.... car vous m'avez enchanté.

SILVIE.

Enchanté? Si j'en avois le pouvoir, je n'en aurois pas la volonté.

CYMON.

Ho! je me soumettrai volontiers à toutes vos volontés?

SILVIE, *en soupirant.*

Parlez-vous sincerement?

CYMON, *en soupirant.*

Je vous le jure.

SILVIE.

Pourquoi me regardez-vous si attentivement?

CYMON.

Et vous, pourquoi me regardez-vous?

SILVIE, *en soupirant.*

Je n'en sais rien.

CYMON, *en soupirant.*

Ni moi..... mais je voudrois que vous puissiez me parler, me regarder tout comme fait Urgande?

SILVIE.

Quoi! vous la connoissez, lui appartenez-vous?

CYMON.

J'aimerois bien mieux être à vous, je n'aurois pas cherché à vous quitter.

SILVIE.

Urgande vous aime-t-elle?

CYMON.

Elle le dit.

SILVIE.

Hélas, j'en suis fâchée!

CYMON.

Pourquoi, je vous prie?

SILVIE.

Je ne veux plus vous voir, & voudrois ne vous avoir jamais vu.

CYMON.

Si vos sentimens étoient conformes aux miens, toutes les Fées réunies ne nous empêcheroient pas de nous voir.

SILVIE.

Répondez-moi? aimez-vous Urgande?

CIMON.

Et vous, quelqu'un seroit-il assez heureux pour vous plaire?

SILVIE.

Jusqu'à ce moment j'avois ignoré l'amour.

CYMON.

Et moi jusqu'à ce jour, je n'en connoissois pas le nom.... mais qui vous en a instruit?

SILVIE.

Et vous?

CYMON, *d'un air confus.*

Mais ..... vous.

SILVIE, *en rougissant.*

Et... c'est aussi vous qui me l'avez appris.

CYMON.

Si nous étions sans cesse ensemble, l'on ne m'appelleroit plus l'imbécile Cymon.

SILVIE.

Et moi je ne serois plus l'insensible Silvie.

CYMON, *avec transport.*

Silvie; ah! le joli nom: je voudrois le prononcer sans cesse.

SILVIE, *en soupiraut.*

Je n'oublierai jamais celui de Cymon... quand même Cymon m'oublieroit.

CYMON, *tombant à ses genoux, & lui baisant les mains.*

Vous oublier! Ah, aimable Silvie! non, jamais.... jamais je ne pourrai vous oublier.

SILVIE.

Si l'on nous voit, on nous séparera! Ah! laissez-moi, je vous en prie...... si l'on vient, nous sommes perdus.... il faut vous fuir...... je suis toute hors de moi.

CYMON.

Quand vous reverrai-je? Sera-ce dans un instant?

SILVIE.

Un instant! c'est trop-tôt...non, non, c'est... mais.... mais.... dans une heure.

CYMON.

Dans quel lieu, ma chere Silvie?

SILVIE.

Où vous voudrez.

CYMON.

Eh bien! dans le bocage, le long de la rivière.

SILVIE, *lui donne le bouquet enchanté par Merlin.*

Que ce bouquet vous rappelle votre promesse; hélas! que n'ais-je une couronne? je vous l'offrirois, ou plutôt je voudrois la partager avec vous.

CYMON.

Quel bonheur! prenez aussi le mien, il n'a d'autre prix à mes yeux, que celui que vous lui donnerez en l'acceptant. (*Il lui donne le bouquet d'Urgande*).

DUETTO.

SILVIE. Ah ! reçois ce bouquet, aimable Bergere !

CYMON. Et toi, chere Silvie, daigne accepter le mien !

SILVIE. Que ton cœur ne ressemble point à ces fleurs.

CYMON. Que ton cœur ressemble au mien s'il se peut.

TOUS La fleur à peine éclose, change aussi-tôt, & sa fraicheur ne dure qu'un moment ; mais notre ardeur mutuelle ne changera jamais !

Fin du second Acte.

ACTE III.

Le Théatre représente le Palais d'Urgande.

SCENE PREMIERE.

URGANDE, FATIME.

URGANDE.

Quoi, Fatime ! il n'est pas encore de retour.

FATIME.

Lorsque la faim le pressera, il reviendra bien vîte.

URGANDE.

En vérité, Fatime, l'indifférence de Cymon m'étonne & me désespere ; j'ai épuisé mon art pour vaincre sa froideur, j'ai bravé mille dangers pour attendrir son ame, & lorsque son ingratitude devroit me guérir de ma foiblesse, je sens que je l'aime plus que jamais. Hélas ! je suis bien malheureuse !

FATIME.

Si cela est, tous mes conseils sont inutiles..... mais au lieu d'employer si mal mon temps, & vous, Madame, de consumer le vôtre en vains regrets, ne vaudroit-il pas mieux...., mais je m'apperçois que vous ne m'écoutez pas, je me tais... dans la crainte de vous déplaire.

UUGANDE.

Que puis-je faire dans l'état où je suis ?

FATIME.

Ce qu'exigent & votre esprit & vos charmes.

URGANDE.

Expliquez-vous?

FATIME.

Pour mettre votre honneur & ma langue en sûreté, (car Merlin triomphera de vous quelque jour) épousez-le tout-à-l'heure.... je sens que ce conseil n'est pas trop de votre goût, mais..... du moins il est prudent..... je cacherai votre jeune amant pendant les premiers mois de votre mariage, & s'il est capable de sentir quelque chose, je l'enflamerai pour vous; alors si votre époux devient inconstant, (ce qui ne manquera pas d'arriver) je chercherai à lui plaire, & vous donnerai le jeune homme en échange. Vous conviendrez, Madame, que ce stratagême est assez bien imaginé.

URGANDE.

Vos plaisanteries m'ennuient... je ne puis.... mais j'apperçois Cymon, il paroît bien content... Vois, Fatime; vois, que je suis heureuse! comme il baise, comme il carçsse mon bouquet. Ah! ces fleurs ont produit leur effet; rendons-nous invisible, je jouirai mieux de mon bonheur.

(*Urgande fait un mouvement de baguette*, & *se retire avec Fatime dans un coin de la scène*).

SCENE II.

CYMON, *en baisant son bouquet.*

AH! mon bouquet, mon joli bouquet! le plaisir de vous voir, de vous sentir, de vous caresser (*en l'embrassant*) embelit à mes yeux Urgande & ses jardins.

FATIME.

Que dit-il, Madame?

URGANDE.

Paix, paix! il s'enflamme.... ah! quel heureux changement!

CYMON.

Avec ce trésor, je ne désire plus rien, tout l'univers est pour moi dans ce bouquet; il développe les facultés de mon esprit & de mon cœur.... je ne sais ce que j'éprouve.... mais il semble que mille idées enchanteresses, mille sentimens délicieux se réunissent au dedans de moi-même, & s'empressent comme un essain d'abeilles, pour savourer le parfum de ces fleurs. Ah ! le charmant bouquet ! & plus charmante encore celle de qui je le tiens.

URGANDE.

Plus charmante encore celle de qui il tient ce bouquet : l'entendez-vous, Fatime ? Quelle douce éloquence ! Voilà donc ce changement que j'ai tant désiré ? Ah ! ....

FATIME.

Je n'en reviens pas, Madame, est-ce un rêve ? Mais, mais ! Madame, est-ce bien-là votre bouquet ?

URGANDE.

Quoi ! vous en doutez ?

FATIME.

Pardonnez ! mais j'ai la vue un peu basse.

CYMON.

Ces fleurs me rappellent sa beauté..... celle ci ressemble à la couleur de ses cheveux, celle-là ressemble à son teint ; voilà l'incarnat de ses joues ; voici l'éclat de ses yeux ; cette rose imite le corail de ses lèvres.... & ces boutons.... ah ! l'excès du plaisir me fera perdre l'esprit.

FATIME.

Ce seroit bien dommage ; il y a si peu de temps qu'il l'a trouvé.

URGANDE.

Jamais ma puissance & ma beauté ne me donnèrent tant d'orgueil.

CYMON.

Où le cacherai-je ? Pendant le jour je le garderai dans mon sein, & la nuit je le coucherai auprès de moi.... Je lui parlerai.... je lui répéterai sans cesse que je l'aime ; je le couvrirai de mille & mille baisers, & je m'endormirai auprès de lui....

ARIETTE.

« Quel charme renferme ce don précieux ; jamais je ne m'en » séparerai. Cher bouquet, je retrouve en toi tout ce que » j'aime, je veux te caresser, te baiser en soupirant, & te » presser sans cesse contre mon sein ».

(*Urgande & Fatime avancent ; Cymon, surpris de voir Urgande, cache son bouquet dans son sein, avec un air embarrassé*).

URGANDE, *se rend visible & approche, en souriant.*

Qu'est-ce donc que tu veux baiser & presser sans cesse contre ton sein ?

CYMON.

Rien ; c'est la fin d'une vieille chanson qui dit : (*Il chante*).

« Je veux te caresser, te baiser & te presser » ; voilà tout....

FATIME.

Voilà sur ma parole, un jeune homme qui promet beaucoup; il a fait en peu de temps bien des progrès dans l'art du chant. (*bas à Urgande*). Qu'en pensez-vous, Madame?

URGANDE, *bas à Fatime.*

Je pense que sa timidité résiste à son penchant. (*haut.*) A qui parlois-tu, mon cher Cymon?

CYMON.

A moi-même; vous voyez bien que je suis seul.

URGANDE.

D'accord.... mais il me sembloit que tu avois.... ne rougis pas de ce qui doit t'enorgueillir.... Tu as caché quelque chose dans ton sein;... là près de ton cœur!

CYMON.

Cela est vrai.

URGANDE, *en souriant.*

Dis-moi ce que c'est, Cymon?

FATIME, *à part.*

Sa pudeur chancelle, bien-tôt il est à nous.

CYMON.

C'est un bouquet.

URGANDE.

N'est-ce pas le mien; voyons?

CYMON.

CYMON.

Quoi! vous donnez une chose pour la reprendre.

URGANDE.

Non; je ne veux pas t'en priver.

CYMON.

Et moi, je ne vous le donnerois pas pour tout au monde.

FATIME, *bas à Urgande.*

Insistez, Madame.... & pour cause.

URGANDE.

Je veux absolument le voir... ne me réplique pas; si tu aimes, comme tu aimois tout-à-l'heure, tu dois m'obéir.

CYMON.

Et voilà justement la cause de mon refus.

URGADE.

N'abusez pas de ma patience, je veux le voir, ou je t'enferme pour jamais dans une affreuse prison?

CYMON.

Quel bruit pour une bagatelle? Là êtes-vous contente! (*Il montre le bouquet de loin; Urgande & Fatime se regardent avec surprise*).

FATIME.

Hé bien, Madame! avois-je raison?

URGANDE.

Ah! Fatime, que je suis malheureuse!

CYMON.

L'avez-vous assez vu?

URGANDE.

Mais, Cymon, ce n'est pas-là mon bouquet?

CYMON.

Non .... c'est le mien.

URGANDE.

Qui vous l'a donné?

CYMON.

Quelqu'un.

URGANDE.

Est-ce un homme ou une femme?

CYMON.

Ha, ha! je ne peux pas vous le dire.

FATIME, *à part.*

Il a fait des progrès! Comment, mais c'est un génie.

URGANDE, *à part.*

Feignons. (*haut.*) Écoutes, Cymon, ma curiosité n'est qu'une plaisanterie, en te donnant un bouquet je ne prétendois pas t'empêcher d'en disposer, tu pouvois même le jetter sans crainte.

CYMON.

Tout de bon? . . -. Ah! je ne l'ai pas jetté, mais

je l'ai troqué contre celui-ci; voyez! il est bien plus beau, ainsi vous ne devez pas en être fâchée.

URGANDE, *soupirant.*

Hélas!

FATIME.

Fâchée! Oh, point du tout; mais vous ne deviez pas préférer celui d'une misérable Bergere à....!

CYMON.

Ménagez-là, je vous prie, elle est bien plus jolie que vous.

FATIME, *en le contrefaisant.*

Il vous sied bien d'en décider; savez-vous seulement distinguer un homme d'une femme?

URGANDE.

Ne l'écoute pas, Cymon.... je te permets de suivre ton goût.... je t'ai conduit ici pour te rendre heureux, & tu peux t'y livrer sans crainte à tous tes plaisirs....

CYMON.

Quel bonheur! Ah, Madame! vos bontés me donnent une nouvelle existence, je ne puis exprimer l'excès de ma joie.... Il est dont vrai? Je pourrai désormais me livrer à mon amour.... Ah! ma chere Urgande! ma reconnoissance n'aura point de bornes. (*Il sort en chantant:*) *Je veux soupirer, &c. &c. &c.*

SCENE III.

URGANDE, FATIME.

FATIME.

JE vous admire, Madame, vous êtes un vrai philosophe.

URGANDE.

Un philosophe femelle, Fatime; je cache sous cette fausse tranquillité, les tourmens de la plus affreuse jalousie; c'est sous le voile de cette apparente bonté que je découvrirai l'objet de ses transports.... & de mon malheur.... Quand je tiendrai ce secret important, tu verras, Fatime, si je suis femme ou philosophe.

FATIME.

Je gage que vous serez femme sur ce point.

URGANDE.

Qu'il jouisse de sa liberté? mais je veux qu'on l'observe, & je te charge de ce soin; va, ma chere Fatime..... cours..... point de réplique... pars?

FATIME, *en s'en allant.*

La commission n'est pas très-amusante .... mais il faut obéir.

SCENE IV.

URGANDE, *seule.*

QUE je connoisse ma rivalle, je la rendrai la plus malheureuse de toutes les femmes.... hélas.... elle le sera moins que moi.

ARIETTE.

« Loin de moi vain espoir, timide crainte, ma gloire &
» mon orgueil réveillez-vous. Eclate noire jalousie, & que
» la vengeance te prête son secours.

» Toi qui méprises mes charmes, tu sentiras tout mon pou-
» voir, que la vengeance succède à l'amour méprisé : la ven-
» geance !... Mais hélas! mon cœur rébèlle combat encore
» en faveur de l'amour.

» Oui, mon cœur palpite, il craint encore, & mes larmes
» éteignent le feu de ma colère.

(*Elle sort.*)

SCENE V.

Le Théatre représente la Cabane de DORCAS.

SILVIE *est à la porte, tenant le bouquet que lui a donné Cymon.*

ARIETTE.

« LES fleurs qui composent ce bouquet se réunissent comme » nos cœurs. Rien ne peut rompre le lien qui les assemble. » Quelle beauté! quelle variété dans leur ensemble. Leur mé- » lange fait naître un plaisir que rien n'empoisonne. Comme » la rose y brille sans épines, ainsi dans nos cœurs l'amour » est exempt de toute peine «.

Plus je regarde ce bouquet, & plus l'image de Cymon y semble gravée. Depuis l'instant où je l'ai vu, je sens un trouble qui m'agite. Je ne sais plus où je vais... ni à qui je parle... je regarde sans fixer aucun objet. Hélas! mon cœur est partagé entre la crainte de le perdre, & l'espoir de le posséder toujours.

ARIETTE.

« Ah! pourquoi s'affliger quand on a pris l'innocence pour » guide. Que le sourire du plaisir annonce mon bonheur! L'a- » mour élève mon ame, il semble qu'elle plane dans les airs. » Ah! c'est le ciel sans doute, qui veut adoucir mes malheurs.

» Toutes les Bergeres m'accablent de leur haine ; tous les » Bergers m'importunent de leur amour ; mais cessons de nous » plaindre & de nous désespérer, car c'est le ciel sans doute » qui veut adoucir mes malheurs.

SCENE VI.

SILVIE, LINCO, *il entre pendant la fin de l'ariette.*

LINCO.

SI vous étiez aussi foible que vous êtes vertueuse, cette voix corromperoit la justice, à moins qu'elle ne fût aussi sourde qu'elle est aveugle.

SILVIE.

J'espere, Linco, que vous ne m'avez pas entendue ?

LINCO.

Je vous ai écouté avec plaisir, quoique je vienne a vous comme *député* d'un *député Gouverneur* ; j'ai ordre de vous conduire à son tribunal. Une certaine Bergere se plaint de vous .... mais ne craignez rien ; je vous seconderai aux risques de perdre ma place ; convenez, ma chère Silvie, qu'on ne trouve guères d'amis comme moi.

SILVIE.

Qu'ai-je fait aux Bergeres pour me persécuter !

LINCO.

Oubliez-vous que vous êtes belle?....

SILVIE.

Protégée par vous, Linco, je marcherai sans crainte; allons confondre mes ennemis. (*Au moment qu'ils s'en vont, Dorcas les appelle*).

SCENE VII.

DORCAS, SILVIE, LINCO.

DORCAS, *à Silvie.*

OU vas-tu, mon enfant? Avec qui es-tu-là?

LINCO.

Nous allons être arrêtés par cette bonne vieille qui veut tout savoir, & qui n'entend rien.

DORCAS, *en s'avançant sur la scène.*

Je veux voir avec qui tu es?

LINCO, *lui criant à l'oreille.*

C'est moi, bonne femme, c'est votre parent Linco.

DORCAS.

Ho! c'est vous, c'est l'honnête Linco. (*Elle lui prend la main.*) Hé bien! que voulez-vous de Silvie?

LINCO, *parlant toujours fort haut.*

Le Gouverneur désire de lui parler, c'est une petite visite d'amitié, & voilà tout.

DORCAS.

Pourquoi? à quel propos? Racontez-moi tout cela? Nous n'avons rien à faire avec lui... depuis un certain temps il est toujours occupé avec quelques-unes de nos Bergeres; il est bien curieux M. le Gouverneur, en vérité voilà qui est beau.... Ah! .. ce n'étoit pas de même dans mon jeune temps..... S'il a besoin d'interroger quelqu'un, que ne m'interroge-t-il, moi? Malgré toute sa curiosité, je lui répondrai comme il faut.

LINCO.

Comme votre parent, je vous réponds de Silvie.

DORCAS.

Ho! vous êtes la perle de votre sexe, Linco; mais sur l'article des femmes, le meilleur homme ne vaut rien: .... j'ai eu bien des difficultés, moi, & cela dans un temps encore meilleur que celui-ci: mais pourquoi ne vous accompagnerois-je pas?

LINCO.

Nous serons de retour avant que vous puissiez vous mettre en marche.

SILVIE.

Ne craignez rien, ma bonne mere, mon innocence & les vertus de Linco, voilà mes guides.

DORCAS.

Hé! quoi?

LINCO.

Elle dit que vous pouvez me confier son innocence.

DORCAS.

Fort bien, fort bien, à la bonne heure, tu es une aimable enfant, ma chere Silvie; je t'aime plus que je n'aimai ma propre fille. (*elle l'embrasse.*) Le jour où celui qui t'a confiée à mes soins viendra te reprendre, sera pour moi un jour de douleur.... Mais, mais, que je ne te retienne pas davantage, vas avec l'honnête Linco, en attendant je vais préparer ton dîné, & ce bon parent le partagera avec nous.

LINCO.

Nous serons de retour avant que le couvert soit mis.

(*Linco sort avec Silvie.*)

SCENE VIII.

DORCAS, *seule.*

Que le ciel conserve la meilleure, la plus aimable de toutes les filles .... la consolation de mes vieux jours. Je ne désire qu'une chose, c'est de savoir qui elle est, & quel hasard l'a conduit chez moi. Que ne puis-je la voir aussi heureuse que je la suis par elle. ..... Mais que lui veut le gouvernement? Je suis fâchée de ne l'avoir pas accompagnée, je lui aurois parlé, moi; jamais de mon jeune temps on ne voyoit cela, & jamais on ne s'est autant occupé de moi!

Ariette.

« Dans mon jeune temps (je suis un peu vieille à présent) » les hommes étoient francs & sinceres; aujourd'hui ce n'est » plus de même; ils sont faux, ils sont téméraires. Que le » sort d'une pauvre femme est à plaindre! Car les hommes » sont en vérité si hardis, si entreprenans, qu'ils me faut trem- » bler à soixante-douze ans.

» Quand j'étois belle (à présent je suis passable) on ne » donnoit point son cœur en vain; mille passions diverses n'a- » gitoient point nos ames, & la constance présidoit à tous » leurs mouvemens.

» Que le sort d'une pauvre femme, &c. &c. &c.

SCENE IX.

(*Le Théatre représente l'Hôtel du Gouverneur.*)

DORUS, *suivi de la 2e.* BERGERE.

DORUS.

AVANCEZ, la jeune fille..... à présent que nous voilà seuls, j'entendrai bien mieux vos plaintes, & j'y porterai de prompts secours; comptez sur moi, vous serez satisfaite.... Savez-vous, ma belle, que vous me plaisez beaucoup, & que nécessairement la faveur s'ensuivra.

Seconde BERGERE.

Les expressions me manquent pour vous répondre dignement.

DORUS.

Vous n'en avez pas besoin, mon enfant, un sourire seulement, un sourire...., & ordonnez, vous obtiendrez tout de.... Mais que vois-je, mon ange? vos mains sont aussi blanches que la neige....permettez-moi de les baiser.

Seconde BERGERE, *en faisant la révérence.*

Ah! Monseigneur?

DORUS.

Vous m'enchantez, je n'ai rien à vous refuser. Que je les baise encore une fois.... Ah! c'est un restaurant pour mon cœur..... (*en lui baisant plusieurs fois les mains.*) Hé bien ! que ferons-nous de cette Silvie ? Quoi ! cette impertinente étrangère a osé vous déplaire ? Ho ! je l'enverrai si loin, qu'elle ne pourra plus vous offenser. C'est une petite coquette. (*il lui baise les mains.*) Oui . . . . c'est . . . . . une . . . . . Ho ! dès aujourd'hui elle partira.

Second BERGERE, *en souriant.*

Vous êtes trop bon.

DORUS.

Non, mon enfant, non; rien n'est trop bon pour vous. Ne vous inquiétez plus, je vais la chasser dans l'instant . . . oui, elle partira, vous dis-je. . . .; j'ai dépêché mon député Linco chez cette vieille Dorcas qui l'a logée chez elle sans mon aveu . . . . comptez que demain Silvie sera loin de l'Arcadie, Daignez m'accorder un sourire, ma chere; regardez-moi d'un air tendre ? . . . . .

Seconde BERGERE.

Je voudrois être aussi belle que Silvie, je pourrois vous sourire peut-être avec plus d'avantage.

DORUS.

J'apprendrai à cette petite vagabonne à vous respecter: tant que je serai Gouverneur, toutes ses minauderies n'auront aucun pouvoir sur moi. Elle partira demain, ma chere . . . . Cette main. . . (*il lui baise plusieurs fois la main.*) cette main d'albatre a signé son arrêt.

SCENE X.

DORUS, 2e. BERGERE, LINCO.

LINCO.

JE viens..... Ah! Monseigneur, point de subornation! point de corruption (1)!

DORUS.

Vous êtes trop familier avec vos supérieurs, Linco; où avez-vous appris à leur manquer de respect?

LINCO.

D'une vieille chanson, Monseigneur, c'est-là que je prends mes leçons.... La voici.

ARIETTE.

« Le Juge qui sourit à la beauté, trahit la sainteté de ses de-
» voirs, & la vue de deux beaux yeux fait pencher sa balance.

» Les passions alterent sa raison; l'amour se glisse dans ses
» veines, & souvent auprès d'un joli minois, le Juge galant
» oublie qu'il doit être aveugle dans ses jugemens ».

(1) Allusion au formulaire, observé dans l'élection des membres du Parlement. Il est expressément défendu d'user de promesse, ou d'aucun moyen, pour obtenir les suffrages des Electeurs. Chaque citoyen des bourgs & des villes, possédant 42 shellings en biens-fonds, ont une voix dans le choix d'un représentant au Parlement.

DORUS.

Cette chanson est aussi sotte que celui qui la chante.

Seconde BERGERE.

Linco ne m'aime pas; Silvie chante, & sans doute sa voix aura captivé son suffrage.

LINCO.

J'avoue que mes oreilles ont été flattées par la mélodie de sa voix, mais mon cœur n'est pas plus corrompu que votre vertu, ou la sagesse de Monseigneur. Ce n'est pas trop dire, j'espere?

DORUS.

Moins de babil, & plus de respect.... je ne vous reconnois plus, Linco.

LINCO.

En ce cas, la vue de Monseigneur s'affoiblit.... je suis toujours le même, le ciel me conserve ma gaieté. Je ris & chante sans cesse.... change qui voudra, je veux rester comme je suis; je me moque des follies que je ne puis corriger.... Ah! les temps sont bien changés.... mais ce n'est pas pour le mieux, (*montrant sa flûte & son tambour de basque;*) par bonheur, voici de quoi m'en consoler....

DORUS.

Faites-moi grace de vos mauvaises plaisanteries, je haïs la poésie, & déteste la musique.... Où est cette vagabonne? où est Silvie?

LINCO.

Elle attend vos ordres dans la salle d'audience.

DORUS.

Pourquoi ne m'en avez-vous pas plutôt averti?

LINCO.

Par discrétion ; je croyois que l'entretien de deux femmes fatigueroit trop Monseigneur.

DORUS.

Je croyois ! je croyois ! vous ne devez pas croire, mais obéir. Vous avez raison de dire que les temps sont changés ; un député ne doit pas se permettre des réflexions sur son supérieur.

LINCO.

Si l'on suivoit cette maxime, que deviendroit notre pauvre patrie (1)?

DORUS.

Tais-toi, & fais entrer la coupable.

LINCO, *en s'en allant.*

Elle sera ici dans un instant. (*Il sort.*)

Seconde BERGERE.

Je vous recommande mes intérêts, Monseigneur.

---

(1) L'on comprend aisément le sel de cette épigramme.

DORUS.

DORUS.

Mon cœur vous en répond ; allez m'attendre dans la salle d'audience ; regardez - moi tendrement , regardez - moi ma mie ? le glaive de la justice en deviendra plus tranchant.

(On apperçoit Linco qui conduit Silvie.)

Seconde BERGERE.

La voilà ! regardez comme elle affecte la modestie : . . . . Je vous laisse , & j'attends tout de votre bonté. . . . (*à part en se retirant.*) Je ne puis souffrir ces vilains yeux. Ah ! quel plaisir j'aurois à les arracher ! *(Elle sort.)*

SCENE XI.

DORUS, SILVIE, LINCO.

DORUS, *en regardant Silvie.*

HEM, hem ! l'on m'a dit , Mademoiselle . . . hem, hem ! . . . que . . . (*à part..*) Elle ne me paroît pas aussi méchante qu'on le dit.

LINCO.

Prenez courage, aimable Silvie , la beauté & l'innocence adoucissent la sévérité de la justice.

SILVIE.

Ah, Linco ! la honte d'être accusée m'empêche même de me défendre.

DORUS.

Ne vous avois-je pas ordonné d'amener la vieille *Dorcas*, où est-elle ?

LINCO.

La bonne femme est si sourde, & Monseigneur a l'ouie si dure... j'ai pensé qu'avec la jeune, cela s'arrangeroit beaucoup mieux.

DORUS.

(*D'un air fâché.*) Quoi ! encore ? *vous imaginez ?* (*d'un air gracieux à Silvie.*) Jeune Bergere...... quoiqu'il en dise, croyez que j'entends à merveille... on m'a dit .... hem .... on m'a dit... (*à part.*) Sa modestie me plaît. (*haut.*) Quelle est la raison ? Je dis ... hem ... que.... que l'on me.... (*à part en tournant la tête.*) Ma foi elle a de beaux traits....

LINCO.

Parlez, parlez donc, Silvie, & votre affaire s'arrangera.

DORUS.

Votre nom n'est-il pas Silvie ?

LINCO.

Oui, Monseigneur.

DORUS.

Ce n'est pas à vous que je parle..... Quel est votre nom? Levez les yeux, & repondez-moi, ma fille. (*Silvie soupire, & fait la révérence.*) (*à part.*) Quelle douceur dans ses regards! (*haut.*) Quelle peut être la raison, Silvie.... que.... que.... hem... (*à part.*) En vérité je sens qu'elle me désarme.

LINCO, *bas à Silvie.*

Voici le moment de parler à Monseigneur....

DORUS, *à Linco.*

On parle haut aux prisonniers....

SILVIE, *très-alarmée.*

Ah, ciel! je suis donc en prison?

DORUS.

Non pas absolument, mais vous êtes accusée..... Hem... hem...., ma belle Demoiselle, on vous accuse, dis-je. (*à part.*) Ma foi je ne sais que lui dire.

SILVIE.

De quoi m'accuse-t-on, Monseigneur?

LINCO, *bas à Silvie.*

S'il nous traite de *Demoiselle*, il est à nous.

SILVIE.

Quel est mon crime?

LINCO.

D'être un peu trop jolie, & voilà tout.

DORUS.

Paix, vous dis-je.... si vous êtes innocente, pourquoi refusez-vous de me regarder? (*Silvie le regarde avec modestie.*) (*à part.*) Je ne puis y tenir.... ce regard bouleverse ma justice, ma colère, mes projets.... Ah je suis perdu! (*haut.*) Avancez-moi ce fauteuil, Linco?

LINCO.

Allons, Silvie; avant que Monseigneur prononce la sentence, chantez-lui une petite chanson.

DORUS.

Point de chanson, ses regards ont déja fait trop de ravages.

LINCO.

Seulement un couplet pour adoucir votre rigueur.

SILVIE *chante.*

« Si le Berger, oubliant son devoir, abandonne son trou-
» peau; bientôt le loup s'en saisit, & l'innocence devient sa
» proie.

» Hélas je suis un pauvre agneau, accablé de mille craintes;
» Bergers, gardez vos brebis, car le loup n'est pas loin ».

(*Elle se met à genoux.*)

DORUS.

Oui, je te garderai, & te conserverai comme mon petit agneau.... & je te jure qu'on ne t'insultera pas davantage.... Cette chanson est vraiment attendrissante ; levez-vous, ma Silvie. (*Il l'embrasse.*)

SCENE XII.

*Les précédens**, 2e. BERGERE, *Dorus & Silvie paroissent embarrassés.*

Seconde BERGERE.

APPAREMMENT Monseigneur prend congé d'elle avant de la chasser !

DORUS.

Quoi donc? quelle hardiesse ! Ignorez-vous qu'il n'est pas permis d'interrompre un Juge dans ses fonctions ?

Seconde BERGERE.

Permettez-moi de vous dire deux mots ?

DORUS.

Je vous parlerai tout-à-l'heure. . . . dans l'instant j'irai vous trouver dans la salle d'audience.

Seconde BERGERE, *à part.*

Je me doutois de ce qui arrive.... mais je tâcherai de le ramener.

SCENE XIII.

DORUS, SILVIE, LINCO.

DORUS.

JE suis bien aise qu'elle nous laisse ... renvoyez-la, Linco ... je ne saurois la voir en ce moment.

LINCO.

Dois-je conduire Silvie en prison ?

DORUS.

En prison ! le ciel m'en préserve ; consolez cette Bergere, Linco .... essuyez vos larmes, ma belle Silvie.... je viendrai vous retrouver.... c'est moi qui entendrai Dorcas.... moi qui vous protégerai.... moi qui ferai tout pour vous plaire. (*à part.*) En honneur elle m'a enchanté .... je suis dans une agitation.... (*haut.*) Je viendrai vous retrouver demain.... peut-être ce soir.... peut-être dans une demi-heure .... ayez-en bien soin, Linco.... (*à part.*) Elle m'a ensorcelé ; si je la regarde plus long-temps, j'en perdrai la raison. (*haut.*) Ah ! la douce, la charmante, la divine créature !

LINCO.

Réjouissez-vous ma chere Silvie, la justice a repris ses droits, les larmes de vos rivales vengeront vos malheurs.

ARIETTE.

« Chantons fa, la, la, cette heureuse victoire, soyons » joyeux, mais prudens, la douleur seule peut changer notre » ton, de la, la, la; enfin, la, la soyons joyeux, mais pru- » dens, dans ce jour de triomphe ».

Fin du troisième Acte.

ACTE IV.

Le Théatre représente un vieux Château.

SCENE PREMIERE.

URGANDE, *fort agitée.*

MALHEUREUSE ! infortunée Urgande ! pendant qu'à l'ombre d'une nuit, propice aux sortilèges, j'appelle à mon secours toutes les puissances infernales..... Rien ne peut calmer l'amour qui déchire mon cœur. Accourez, démons, commencez vos épouvantables sacrifices ; & tandis qu'invisible aux yeux des mortels, vous exhalez dans l'air votre souffle empoisonné, répandez de toutes parts les maux qui font frémir la nature, mais laissez-moi la vengeance, elle doit servir mon désespoir.

CHŒUR, *sous terre.*

« Nous venons, nous accourons, & nous obéissons ».

(*Urgande fait un mouvement de baguette, & le Château disparoît.*)

Le Démon de la vengeance sort de l'enfer & chante :

« Tandis que plongez dans un doux sommeil, les mortels » perdent le souvenir de leurs peines ; tandis que les Démons

» gémissent dans leurs demeures souterreines, Urgande nous » rappelle du fond des abîmes. Paroissez, enfans de la dou-» leur, occupez-vous à remplir l'horrible devoir qu'elle vous » impose ; arrachez aux mortels des plaintes & des soupirs, » & que leurs tourmens égalent les nôtres.

CHŒUR, *sous terre.*

» Nous venons, nous accourons, & nous obéissons ».

(*Les Démons paroissent, & après plusieurs cérémonies infernales, ils partent conduits par Urgande.*)

SCENE II.

Le Théatre représente la Campagne.

LINCO, DAMON, DORILAS.

LINCO.

ALLONS, allons, causons un moment ensemble.... vous vous levez aussi matin que l'alouette.... Ne seroit-ce pas la jalousie qui vous éveille en ce moment ?

DAMON.

Le Gouverneur nous a commandé, de la part d'Urgande, de conduire Cymon & Silvie dans son palais.

LINCO.

Et cet emploi ne vous déplaît pas sans doute? Fi, n'êtes - vous pas honteux.... je suis mieux instruit que vous ne le croyez. Quoi! tous deux fiancés, vous aimez tous deux la jeune Silvie: & quoique rebutés, vous n'en êtes pas moins jaloux l'un & l'autre. Infidèlles ! ne rougissez-vous pas de servir la calomnie, & de persécuter ainsi deux amans fortunés?

DAMON.

Si le Gouverneur vous entendoit. . . . vous traitez joliment vos supérieurs?

LINCO.

Si mes supérieurs ne valent pas mieux que vous, c'est leur faute, & non la mienne. Urgande, Dorus & vous, ne pouvant mordre au raisin, ne voulez pas qu'un autre en mange. . . ? Fi ! n'êtes-vous pas honteux?

DAMON.

Nous n'avons point de temps à perdre, éveillons les Bergers, & poursuivons les coupables; vous, monsieur le député, malgré tous vos grands airs, vous êtes obligé de nous suivre.

LINCO.

Vous suivre? je briserai ma flûte & mon tambour, je me jetterai dans la riviere, plutôt que de commettre une telle injustice.

DAMON.

Voici le Gouverneur, nous allons voir ce que vous lui direz.

LINCO.

Tout ce que je vous ai dit ; un homme loyal & honnête comme moi, ne s'inquiète gueres de la colère d'un Gouverneur ; il lui dit la vérité au risque de lui déplaire, & même de perdre son emploi... Ah !.... il y a peu de *députés* dans l'Arcadie qui pensent comme moi.

DORILAS.

Allons, allons, occupons-nous de notre affaire, & méprisons ses propos.

DAMON.

Monsieur le député Linco, si le Gouverneur vouloit suivre mes conseils, il vous arrangeroit différemment.

LINCO.

Et si Cymon suivoit les miens, vous vous répentiriez de ce beau zèle.

SCENE III.

Les précédens, DORUS, *suivi des Arcadiens.*

DORUS.

OU étiez-vous, Linco? voilà une heure qu'on vous cherche?

LINCO.

J'étois au lit, Monseigneur, & comme je ne suis point somnambule, je ne pouvois pas paroître devant vous, sans être habillé.

DORUS.

Trève aux plaisanteries.... la Fée ordonne que l'on cherche Cymon & Silvie, & qu'on les lui amenne.

LINCO.

Je n'interromps jamais la *chasse*; adieu, je m'en retourne chez moi.

DORUS.

Arrêtes, Linco, (*il revient*) je t'ordonne de faire ton devoir, tu m'accompagneras dans la poursuite de ces jeunes criminels.

LINCO.

Criminels! Que le ciel les protége.... je vous répete que je retourne chez moi. (*en s'en allant.*)

DORUS.

Vit-on jamais une telle insolence? Revenez

Linco, méprisez-vous les ordres d'Urgande & les miens?

LINCO.

De la conscience! Monseigneur, de la conscience! quoique ce soit une vieille excuse, elle dit vrai; elle me défend de séparer deux personnes que le ciel semble avoir unies; c'est à mes yeux un crime atroce; c'est en vain qu'on l'exige, & je me retire.

(en s'en allant.)

DORUS.

Linco, si vous négligez votre charge, je vous en priverai.

LINCO.

Vous ne me priverez pas de ma propre estime, & avec elle je me consolerai.

DORUS.

Eh bien! non-seulement vous n'êtes plus mon député, mais je punirai votre insolence.... je dirai à la Fée que vous vous unissez contre elle avec Silvie & Cymon, & que c'est-là le motif de vos refus.

LINCO.

Monseigneur! un mot s'il vous plaît.... Si vous aviez pu vous unir avec cette Silvie, auriez-vous été aussi complaisant?

DORUS.

Hem!... allons, Bergers, suivez-moi; il est inutile de lutter contre une pareille obstination.

(Dorus & les Bergers sortent.)

LINCO, *seul.*

Je baise les mains à Monseigneur, & le remercie de toutes ses bontés. . . . bien des fous moins sages que moi se désoleroient de leur disgrace, mais dans l'état actuel des choses, je ne donnerois pas une brebis pour la plus belle charge de l'Arcadie. Vous pouvez donc, mon honnête & digne Gouverneur, vous pourvoir d'un autre député. Mon tambour & ma flûte m'en consoleront; & que sait-on..... peut-être leurs sons harmonieux me conduiront-ils à quelque place encore plus distinguée (1).

ARIETTE.

« Quand la paix regnoit en ces lieux, que l'amour y étoit » sans caprices, sans soins, sans plaintes & sans détours, » voici quelle étoit ma vie : avec ma flûte & mon tambour je » riois, je chantois sans cesse, & n'enviois pas le bonheur de » mon voisin.

» A présent quelle triste métamorphose a changé toute la » nation ; la paix, l'amour & les plaisirs ont fait place aux » soucis rongeurs ; mais voici quelle est encore ma vie : avec » ma flûte & mon tambour je ris, je chante sans cesse, & » plains les maux de mon voisin.

(*Il sort.*)

---

(1) Cette épigramme porta contre un membre du Parlement, qui de simple Berger dans les montagnes d'Ecosse, parvint aux premières charges de l'Etat. Il existe encore.

SCENE IV.

Le Théatre représente une autre partie de la Campagne.

FATIME.

IL faut avouer qu'on m'a donné - là un charmant emploi. Ou trouverai-je cet imbécile ? . . . . pas tant imbécile cependant . . . . Il a fait en peu de temps bien des progrès . . . . Je crois que quelque femme s'est chargée de lui former l'esprit ; car c'est un des prodiges ordinaires de l'amour, de faire un fou d'un homme sage, & de donner la sagesse à un fou. . . . Mais je l'apperçois ; (*elle regarde au travers un buisson.*) Ha! ha!. . . . je le vois là-bas. . . . ne faisons pas de bruit, crainte de l'alarmer.

(*Elle continue à regarder.*)

SCENE V.

FATIME, MERLIN, *invisible à Fatime.*

MERLIN.

MON art fera avorter tes desseins..... il faut, pour la corriger, mortifier sa curiosité. Ce n'est que par les grands moyens qu'on rend ces femmes-là un peu traitables.

FATIME, *continue à régarder.*

Ha ! ha ! le voilà avec sa dulcinée; il n'a pas fait un mauvais choix. Ma pauvre maîtresse ! que de maux l'amour vous prépare !

MERLIN.

Avant de nous quitter, je t'en prépare d'autres moi.

FATIME.

Cymon à genoux ! . . . fort bien . . . prenons à présent nos tablettes .... & faisons un détail circonstancié de la personne de notre rivale .... Elle est trop jolie pour l'épargner, il faut la brûler, il faut l'exposer aux bêtes féroces, il faut l'enfermer dans la tour noire.... & par grace spéciale, on pourra tout au plus lui laisser le choix du supplice.

(*Elle prend ses tablettes.*)

MERLIN.

Nous aurons soin d'en décider.

FATIME, *en écrivant.*

Sa taille est grande & svelte.... à-peu-près comme la mienne; ses traits.... ses cheveux.... ses yeux sont incomparables.... & approchent beaucoup des miens. — Elle a le sourire gracieux. — Oh! il faut absolument la brûler vive! oui, oui, il le faut. (*Merlin lui donne un coup de baguette sur l'épaule.*) Qui ose m'interrompre.... il n'y a personne... j'aurois juré qu'on m'avoit touchée.... finissons mon portrait. (*Elle écrit*). (*Merlin fait quelques mouvemens de baguette au-dessus de la tête de Fatime.*) Lisons?... mais, que vois-je! mes lettres semblent tracées avec du sang.... je n'ai pas la berlue....... ah, ciel! (*elle lit en tremblant.*)
» *Urgande nourrit une passion criminelle pour Cymon;*
» *Cymon n'a que des sentimens vertueux pour Silvie:*
» *les bêtes féroces, la tour noire ou le bûcher ardent,*
» *sont des supplices trop doux pour la complaisante*
» *Fatime* ». (*Elle laisse tomber ses tablettes.*) Je n'ai pas la force de m'enfuir.... j'avois prévu ce qui m'arrive. Ce diable de Merlin m'a ensorcelé....

MERLIN, *visible.*

Tu as raison, Fatime.

FATIME.

O magnanime enchanteur! épargnez une pauvre & foible créature!

MERLIN.

MERLIN.

Pourquoi cette créature brave-t-elle ma puissance? Mais nous serons meilleurs amis à l'avenir. Regarde attentivement ce que je vais faire.

(*Il leve sa baguette.*)

FATIME.

Ah! Seigneur Merlin, point d'enchantement, je suis prête à vous obéir.

MERLIN.

Je n'exige de toi qu'un profond silence.

FATIME, *vivement.*

Ah! si cela suffit pour calmer votre fureur, je suis....

MERLIN.

Tais-toi, babillarde.

FATIME.

Trop généreux Merlin! je suis à vous pour jamais: je vous suis dévouée pour la vie... Ah!... ma pauvre langue! je te croyois déja condamnée à un éternel silence: qu'il seroit affreux d'être muette!...

MERLIN.

Tu vois l'impuissance d'Urgande, c'est envain qu'elle persécute Cymon & Silvie.... malgré tous ses artifices, malgré le secours des enfers, je protegerai ces deux aimables enfans, & lui prouverai que l'autorité n'est rien sans la justice.

FATIME.

J'aimerois mieux perdre tout au monde plutôt que la parole.

MERLIN.

Dès que tu m'assures de ton attachement, (car mon art ne peut pénétrer le cœur des femmes) j'accorde à ta langue un degré de perfection qui lui manquoit.

FATIME.

Quoi! je parlerai donc plus que jamais?

MERLIN, *souriant.*

Cela ne seroit pas une perfection, mais tu parleras moins : à ton retour chez Urgande elle sera très-curieuse, & toi fort empressée de l'instruire.

FATIME.

Je pourrai donc, sans offencer votre grandeur...

MERLIN.

Suivre ce que je vais te prescrire; tu ne répondras aux questions de la Fée, que par un *oui*, ou par un *non*, entends-tu bien? Tu ne t'apperçois pas que je te rends un grand service.

FATIME, *à part.*

Cela n'est pas trop clair.

MERLIN.

Prends garde d'y ajouter la moindre sillabe, sinon je te rends muette pour toujours.

FATIME.

Ne craignez rien? Mais, que vais-je devenir?

MERLIN.

Souviens-toi de m'obéir, & tu seras récompensée. *(Il touche le fond de la scène avec sa baguette, elle s'ouvre, un char attelé de dragons, paroît; Merlin y entre.)* Adieu Fatime, n'oublie pas ton ami Merlin.

FATIME.

Je vous jure que je ne vous oublierai jamais, il faut cependant convenir que c'est un diable fort poli.... que ma position est cruelle! j'aimerois autant être muette que d'être réduite aux deux sillabes *oui* & *non*, il n'est pas de privation plus fâcheuse que celle de la parole.... Hélas! vit-on jamais mettre un impôt sur la langue?

ARIETTE.

« Taxer ma langue! quelle honte! Ah! Merlin a bien tort
» d'en arrêter ainsi les doux mouvemens; mais la faveur des
» grands & le sort des pauvres filles, dépend souvent d'un *oui*
» & d'un *non*. Hélas! malheureuse Fatime! il faudra donc
» borner ton éloquence à un *oui*, & un *non*.

» S'il faut parler, s'il faut raconter quelque chose à Ur-
» gande, comment vais-je m'y prendre? Elle pourra me
» questionner à son aise, ma pauvre langue captive répondra
» par *oui* ou par *non*.

» Hélas! malheureuse Fatime! &c. &c. &c. *(Elle sort.*

SCENE VI.

CYMON, SILVIE, *arrivent, se tenant sous le bras.*

CYMON.

NE soupirez pas, Silvie, une passion comme la nôtre ne peut être qu'heureuse, c'est à elle que je dois toutes mes facultés; c'est par elle que je vois, que j'entends, que je jouis de mon intelligence. Oui, toute mon existence appartient à ma Silvie.

SILVIE.

La mienne est à vous.... mais que dira Urgande?

CYMON.

Que ce nom n'empoisonne pas notre bonheur; elle est malheureuse, parce qu'elle est injuste; oubliez vous que *Merlin* nous a promis son secours? Nous sommes, dit-il, sous la protection des êtres supérieurs, & le ciel nous destine un avenir heureux: cette promesse ne doit-elle pas nous suffire?

SILVIE.

Avec vous je n'ai plus rien à désirer. Prenez ma main, elle est à vous, ainsi que mon cœur. Avant de vous avoir vu, j'ignorois jusqu'au nom de l'amour, à présent ma passion aussi tendre que sincère, flatte mon orgueil & fait le bonheur de ma vie.

Vous dérober mes sentimens, ce seroit le comble de l'ingratitude.

CYMON *lui baise la main.*

Adorable Silvie !

SILVIE *chante.*

« C'est toi qui ai porté la flamme dans ce cœur insensible, » toi qui y ai fait naître les passions qui séduisent les sens, en » vain j'ai combattu; le mérite & l'amour ont triomphé. Ah ! » sans amour qu'est-ce donc que la vie !

» On ne voit pas la rose éclorre au sein des frimats; avec » la froide indifférence, la jeunesse n'a point de printemps, » & le ciel même est sans attraits; sans l'amour, sans le » tendre amour, qu'est-ce donc que la vie !

» La saison du printemps est celle des jeux; les oiseaux » & les fleurs forment sa parure : l'amour visite alors les cabannes & vient chanter dans nos bocages : sans l'amour, » sans le tendre amour, qu'est-ce donc que la vie ?

CYMON *prend Silvie dans ses bras.*

Le ciel m'a donné ce trésor, je le conserverai aux dépens de ma vie, & ne le céderai qu'à lui seul.

SCENE VII.

Les Acteurs précédens, DAMON & DORILAS, *d'une part*, DORUS & SA SUITE, *de l'autre ; ils paroissent étonnés de voir Cymon avec Silvie.*

DAMON.

LES voici! les voici!

SILVIE, *avec étonnement.*

Ah ciel ! . . .

DORUS.

Quel scandal?

(*Cymon & Silvie paroissent embarrassés.*)

DORILAS.

Voilà donc cette modeste Silvie?

DAMON.

Vous paroissez avoir fait de grands progrès : Cymon est un excellent maître......

DORUS.

J'enverrai le maître & son élève à l'école du répentir. . . . Quelle audace ! j'en suis confondu ; répondez, coupable? vous vous taisez ? . . .

CYMON.

La honte d'être interrogé par ceux qu'on méprise, fait souvent taire l'innocence.

SILVIE.

Ne les irritez pas, Cymon, ils sont nos ennemis.

CYMON.

Ne craignez rien, ma Bergere..... tant que je serai avec vous, vous serez sans danger.

DORUS.

Quelle insolence!

DAMON.

Faut-il nous saisir d'eux, Monseigneur?

DORUS *s'approche de Silvie, Cymon se met entre elle & lui.*

Laissez-moi parler auparavant à Silvie.

CYMON.

Lui parler?

DORUS, *en menaçant Cymon.*

Téméraire! sais-tu qui je suis?

CYMON.

Vous êtes celui qui doit protéger l'innocence, & faire observer les loix, mais esclave d'une passion qui vous déshonore, vous négligez les loix & persécutez l'innocence.

DORUS.

Je n'en reviens pas! Quoi! vous êtes ce jeune imbécile de qui l'on m'a tant parlé?

CYMON.

Vous êtes ce méprisable Gouverneur ?...

DORUS.

Qu'on l'arrête dans l'instant ?

CYMON.

Cet ordre est plus facile à donner qu'à exécuter. *(Au moment où l'on s'approche pour le saisir, il s'empare d'un bâton qu'il arrache à l'un des Bergers, les bat, & les met en deroute.)*

DORUS.

Attaquez-le, mais ne le tué pas, car je dois en faire un exemple.

CYMON, *en les défiant.*

L'amour dont j'embrasse la défense, me donnera des forces nécessaires, pour triompher de mes ennemis.

ARIETTE.

« Venez! venez! je vous défie non, vous ne m'arrêterez
» pas ; quoique jeune & novice, l'amour m'a rendu courageux.
» Il m'a donné un charme qui me rend invincible, il affermit
» mon cœur & mon bras, & je défendrai mon trésor.

» Venez! venez! &c. &c. &c.

(Il poursuit les Bergers, en regardant Silvie.)

SILVIE.

O Merlin! daigne le protéger, daigne le garantir de leur fureur. *(Pendant que Cymon chasse & disperse les Bergers d'un côté, Dorus & son parti entrent de l'autre ; ils entourent Silvie.)*

DORUS.

Qu'on l'emmene ? qu'on l'emmene?

SILVIE.

Ah ! Merlin ! protégez-moi.... Cymon ! cher Cymon ! viens à mon secours !

DORUS.

Votre Cymon aime trop les combats pour s'occuper de sa maîtresse ; conduisez-la chez Urgande.

(*On emmene Silvie, Cymon reparoît sur la scène, poursuivant les Bergers ; ceux-ci se retirent en grand désordre.*)

DAMON, *en tournant la tête.*

C'est un diable ! il nous arrange d'une manière....

(*Il sort.*)

DORILAS.

Fuyons, c'est le seul moyen d'éviter ses coups.

(*Il sort.*)

CYMON, *entre tout en désordre & hors d'haleine.*

Me voici, ma chere Silvie, je suis vainqueur.... Où êtes vous ? objet de tous mes vœux; qu'êtes-vous devenu ?.... Quoi ! elle est partie ? ô ciel ! si elle m'est ravie.... c'est moi qui est vaincu.

(*Il court, & revient plusieurs fois pendant la symphonie de l'ariette suivante.*)

ARIETTE.

« Mon malheur est certain, quel chemin ont-ils pris ?
» Avant que je l'abandonne on m'arrachera la vie. Q'Urgande
» & l'enfer la retiennent en leur puissance, je briserai ses
» fers, & je saurai reprendre mon bien ; ils verront qu'il n'y
» a point de charme égal au courage d'un amant vertueux.

Fin du quatrième Acte.

ACTE V.

La scène représente une grotte.

SCENE PREMIERE.

URGANDE, FATIME.

URGANDE.

Oui ! non ! tu m'impatientes? Je n'aime pas que tu ries de mes peines ! Si tu savois, Fatime, quels tourmens déchirent mon cœur ! Vas ! tu cherche vainement à me cacher mon malheur. . . . Loin de me consoler, tu ajoutes à mon supplice. Parles, ma chere Fatime ! (*Fatime secoue la tête.*) Pourquoi cette obstination ? Tu ne veux donc pas me satisfaire ?

FATIME.

Oui.

URGANDE.

Commence donc à m'instruire. . . .

FATIME.

Non.

URGANDE.

Comment !

FATIME.

Oui.

URGANDE.

Insupportable Fatime ! as-tu vu ma rivale ?

FATIME.

Oui.

URGANDE.

Hé bien ! ... continues.

FATIME.

Non.

URGANDE.

Tu es insoutenable ! .... Etoit-elle avec Cymon ?

FATIME.

Oui.

URGANDE.

S'aiment-ils ?

FATIME, *en soupirant.*

Oui.

URGANDE.

Où as-tu vu ma rivale ? ..... (*Fatime secoue la tête.*)..... Quoi !.... tu ne veux pas me le dire ?

FATIME.

Non.

URGANDE.

Es-tu payée pour me trahir ?

FATIME.

Non.

URGANDE.

Toujours *oui* & *non* !

FATIME.

Oui.

URGANDE.

Je n'y conçois rien.

FATIME.

Non.

URGANDE.

Crains-tu quelque génie supérieur?

FATIME.

Oui.

URGANDE.

Et tu ne crains pas ma puissance ?

FATIME.

Non.

URGANDE.

Quelle insolence ! dis-moi, ma petite Fatime, ma rivale est-elle jolie ?

FATIME.

Oui.

URGANDE.

Mais bien, bien jolie ?

FATIME.

Oui, oui.

URGANDE.

Plus que moi, ou que toi ?

FATIME, *en hesitant.*

Oui, non.

URGANDE.

Comment peux-tu jouir de ma peine, & ne pas la soulager? Tu n'as donc pas pitié de moi?

FATIME, *en soupirant.*

Oui.

URGANDE.

Tâches de m'en convaincre? dis-moi tout?

FATIME, *soupirant.*

Non.

URGANDE

J'en perdrai l'esprit! laisses-moi!

FATIME.

Oui.

URGANDE.

Gardes-toi de venir en ma présence.

FATIME, *fait la révérence & sort.*

Non.

URGANDE, *seule.*

Ce ne peut être qu'un sort.... Ah! le pouvoir de Merlin l'emporte sur le mien, voilà le mystère.... c'est lui.... je n'en doute plus, c'est lui.... il me prive du plaisir de venger mon amour? & voilà le comble de mon malheur.

SCENE II.

URGANDE, DORUS.

DORUS.

M'EST-IL permis de mêler mes réflexions à celles de ma Souveraine?

URGANDE.

Garde-toi de pénétrer mon cœur, tu partagerois le sort de Fatime.

DORUS.

Je me retire, & j'amennerai Silvie. (*En s'en allant*).

URGANDE.

Silvie! où est-elle? parlez, donnez-moi la vie ou la mort.

DORUS.

Elle est à la porte du palais; j'attends vos ordres suprêmes.....

URGANDE.

Ah! Dorus, vous m'offrez plus qu'une couronne, pardonez mon emportement..... des réflexions affligeantes.... des contrariétés.... je ne savois guères ce que je disois..... mais Silvie est ici!

DORUS.

Ce n'étoit pas une affaire aisée à finir, & je suis bien heureux d'en être échappé..... Si vous saviez tous les dangers auxquels nous avons été exposés.

URGANDE.

Et Cymon où est-il?

DORUS.

Il s'amuse à assommer tous ceux qu'il rencontre.

URGANDE.

L'insensé!... Mais je possède l'objet de ma haîne. Que m'importe le reste? Qu'on prépare son supplice!

DORUS.

Quoi! vous la condamnez à mourir? La sentence me paroît un peu rigoureuse.

URGANDE.

Sa mort seule peut venger les tourmens qu'elle m'a fait souffrir. (*Dorus s'en allant.*) Arrêtez, Dorus, je sais un moyen plus sûr.... une punition plus rigoureuse.... qu'on l'enferme dans la tour noire, & qu'elle y reste jusqu'à ce que les chagrins & l'ennui aient dévoré tous ses charmes; dans cet état mille fois plus affreux que la mort, je la présenterai moi-même à l'ingrat Cymon, je jouirai de sa douleur, & son désespoir sera mon triomphe.... Mais où est la coupable? Va la chercher sur le champ; point de réplique, obéis promptement.

DORUS.

J'y cours...., (*à part.*) Ceci passe les bornes. (*Il sort en haussant les épaules.*(

URGANDE.

URGANDE *chante.*

« Jouet infortuné des passions! mon cœur trouve enfin le
» repos; je fais succéder la vengeance à l'amour, & semblable
» à l'aigle orgueilleux, je tiens en mon pouvoir la tourte-
» relle palpitante.

SCENE III.

Les précédens, SILVIE *conduite par Dorus, & suivie des Gardes d'Urgande.*

URGANDE.

C'EST donc toi, malheureuse, qui ose être la rivale d'Urgande?

SILVIE.

Sûre du cœur de Cymon, j'ose tout & ne craint rien.

URGANDE.

Téméraire! je t'apprendrai à craindre ma puissance.

(Aussi-tôt la scène change, on découvre au mouvement de sa baguette des rochers & des cavernes épouventables.)

SILVIE *les regarde en souriant.*

L'aspect de ces lieux sauvages ne m'effraye pas.

URGANDE.

Tu touches à ta perte, cette tour affreuse va te séparer à jamais de ton amant.

SILVIE.

Tu te trompe, Urgande, son image m'y suivra; tant qu'il regnera dans mon cœur, j'y porte un charme qui me fera braver ton pouvoir & même tes fureurs.

(Urgande donne un coup de baguette, & la tour noire apparoît.)

URGANDE.

Qu'on ouvre les portes d'airain, & qu'on enferme pour jamais l'insolente Silvie?

SILVIE, *regardant Urgande d'un air tranquille.*

Je suis prête à t'obéir.

ARIETTE.

« Quoique la mort m'environne sous mille aspects divers, » mon cœur est sans effroi; protégée du ciel, orgueilleuse » de mon amour, je défie ta cruelle puissance; & dans ce » moment funeste j'invoque le droit sacré de l'innocence qui » m'interdit toute crainte, & qui se rit d'une autorité dont » tu abuse ».

URGANDE.

C'est trop long-temps différer son supplice, qu'on l'enferme. (*On conduit Silvie dans la tour, Urgande d'un air satisfait.)* Voyons maintenant si le pouvoir de Merlin te rendra la liberté.

(*On entend le tonnerre, la tour & les rochers se changent en un magnifique amphitéatre; Merlin paroît à l'endroit où étoit la tour, tout le monde s'enfuit, excepté Urgande qui paroît être fort effrayée.*)

MERLIN.

Oui! mon art supérieur au tien confondra à jamais ta méchanceté, & la guérison de Cymon fera le supplice d'Urgande. (*Urgande essaie inutilement la vertu magique de sa baguette.*) Tes efforts sont inutiles.

URGANDE.

Ah! malheureuse Urgande! ma puissance même m'abandonne, il ne me reste que ma déplorable passion; où cacher ma honte & mon désespoir?

MERLIN.

Tu dois gémir, mais sur toi-même.... Songes au pouvoir que tu as perdu! Tant qu'Urgande fut vertueuse, rien n'égaloit son bonheur. Tu vois maintenant, mais trop tard, que la véritable magie est celle qui gagne & enchaîne le cœur de nos sujets. (*On entend un bruit d'instrumens guerriers.*)

URGANDE.

Que signifient ces sons d'allégresses?

MERLIN.

Les Chevaliers chargés par le pere de Cymon de la découverte de son fils, après avoit erré dans diverses parties de la terre, se trouvent réunis ici par mon art. Le plaisir de retrouver l'objet de tant de recherches, leur inspire ces cris d'allegresses.... ils se préparent à célébrer l'hymen de Cymon & de Silvie.

URGANDE.

Voilà le comble de mon malheur, j'ai tout perdu. Ah! ciel!

MERLIN.

N'accuse que ton inconstance. Depuis le moment où tu m'as préféré, je suis devenu & ton ennemi & ton protecteur. J'ai renversé tes artifices; j'ai prolongé son insensibilité jusqu'à ce qu'il ait connu les charmes de celle que mon art a conduit en ces lieux. La naissance de Silvie égale celle de Cymon. La récompense de leurs vertus sera de regner sur ce trône dont tes vices.... (*Urgande paroît être fort agitée.*) Mais j'apperçois ton répentir, & j'oublie ma colère pour te plaindre.

URGANDE.

Je ne mérite pas ta pitié, Merlin, l'abus du pouvoir m'a rendue perfide & cruelle; voilà comme je m'en punis. (*Elle casse sa baguetre magique.*) Ainsi puissent souffrir tous ceux qui marcheront sur les traces d'Urgande, & comme elle feront gémir l'humanité. (*Elle jette sa baguette.*) Pardonne mes erreurs; oublie jusqu'à mon nom : je quitte ces lieux, pénétrée de honte & de répentir; je fuis à jamais loin de Merlin, loin de Cymon & de Silvie, leur présence ajouteroit trop à mon désespoir. (*Elle sort.*)

SCENE IV.

MERLIN.

ENFIN l'injustice est punie, la vertu est récompensée, & l'Arcadie va voir renaître ses beaux jours. (*Il sort.*)

(*La symphonie joue une marche; une grande suite de Chevaliers portant les enseignes des différens ordres de la Chevalerie, entrent accompagnés des plus fameux magiciens; après avoir passé sur la scène, ils vont se ranger sur l'amphitéatre. Cymon, Silvie & Merlin suivent dans un char de triomphe, traîné par des cupidons; ils sont précédés par l'Amour donnant la main à l'Hymen. Après le char viennent les Bergeres de l'Arcadie, conduits par Dorus, Linco, Fatime & Dorcas; Damon & Dorilas suivis des Bergers; Merlin, Cymon & Silvie descendent du char; Merlin les prend par la main, & dit :*)

J'unis les mains de ce couple heureux, dont l'amour

avoit déja uni les cœurs. L'hymen de Cymon va rétablir la paix dans l'Arcadie. Quand les vertus embelissent le trône, le bonheur du Prince fait celui du peuple, & tous ses sujets partagent sa félicité (1).

CHŒUR.

« Que tous les Arcadiens se réjouissent, que la reconnois-» sance se mêle à nos jeux? Chantons les vertus du grand » Merlin? Qu'il partage avec nous l'allegresse que nous ins-» pire le bonheur de ce couple heureux: puissent-ils vivre » mille annés, puissent-ils jouir long-temps de notre bon-» heur!

(*Cymon, Silvie & Merlin vont se placer parmi les Chevaliers, tandis que Linco assemble autour de lui les Bergers & Bergeres.*)

LINCO.

Mes bons amis & voisins, je puis à présent sans honte, vous donner ce nom; le député Linco n'a qu'un petit conseil à vous donner; la page nouvelle, page de notre histoire, vaut mieux que l'ancienne; il faut nous en occuper; celle-ci est blanche, l'autre est remplie de taches & de ratures.

DORUS.

Oublions le passé, Linco?

---

(1) Compliment au Roi & à la Reine.

LINCO:

De tout mon cœur, j'espere que pour prix de ma franchise, Monseigneur me recevra encore pour son député. Ayons tout de suite une centaine de mariages, banissons de ces lieux l'inconstance & la jalousie; pour y réussir, suivez ma recette; que la gaieté unie à l'esprit soit votre régime ordinaire. Faites-en usage chaque jour, mes chers voisins, & rien n'alterera votre santé. Soyez sages & joyeux, & suivant le vieux proverbe, « défiez ensuite le » diable de vous tourmenter »? Pour lui en ôter toute envie, dansons & chantons, car il déteste les plaisirs de la société.

Danse des Arcadiens & des Arcadiennes.

ARIETTE.

DAMON.

« Bientôt chaque Berger deviendra constant, chaque cœur » égaré retournera à sa Bergere.

DELIA.

» Quand nos Bergers sont fidèles, nous les sommes à notre » tour, & nous suivons toujours leur exemple.

CHŒUR.

» Les Arcadiens seront heureux tant qu'ils seront libres & » vertueux.

FATIME.

» Vous qui tenez le glaive & la balance de Thémis, » soyez aveugle pour Plutus, soyez insensible pour Vénus; » du moment que votre équité chancelle, le glaive s'émousse » & la balance perd son équilibre.

CHŒUR.

» Les Arcadiens seront heureux tant qu'ils seront libres & » vertueux.

LINCO.

» Votre cœur ignorera les soucis rongeurs tant que la joie » pure y regnera. Imitons les vertus du couple heureux qui » nous gouverne : aimons, respectons & célébrons à jamais » notre Roi & notre Reine.

CHŒUR.

» Les Arcadiens seront, &c, &c.

SILVIE.

» Que l'amour, la paix & les plaisirs se réunissent pour » rendre nos peuples heureux ; que les jeux & les plaisirs habitent de nouveau l'Arcadie.

CYMON.

» L'amour & l'hymen comblent tous mes vœux : Cymon » uni avec Silvie, n'a plus rien à désirer.

ENSEMBLE.

» L'amour & l'hymen comblent tous nos vœux.

» Cymon avec Silvie, } n'ont plus rien à désirer.
» Silvie avec Cymon, }

CHŒUR.

» Les Arcadiens seront heureux tant qu'ils seront libre & » vertueux ».

(*Ballet général.*)

FIN.

EPILOGUE.

EPILOGUE,

Par GEORGE KEATE, *Ecuyer, & prononcé par* MISTRISS ABINGDON, *jouant le rôle de Fatime.*

(*Elle entre par une porte de côté, s'arrête & regarde de tous côtés.*)

FATIME.

LA Scène est-elle enfin débarrassé.... Ah, ciel ! j'ai une frayeur mortelle.... par-tout où je porte mes pas, je crois être dans le pays des enchanteurs. (*elle avance.*) Quel bruit est-cela ! ..... Ecoutons..... C'étoit une fausse alarme..... Je suis bien persuadée que personne ici n'a le dessein de me nuire, & qu'il n'est parmi vous aucun *Chevalier* qui ne prenne la défense d'une belle outragée. Dieu-merci, me voilà échappée du pouvoir magique, & j'ai retrouvé la parole.... j'en ferai bon usage.... l'on doit avoir perdu beaucoup à mon silence. . . . . . Je suis sûre qu'il n'y a point ici de femme qui n'ait gémi de mon malheur. Être réduite au seul mot *oui*, ou qui pis est, au détestable *non!* Le *non*, il est vrai, est plus facile à exprimer ; cependant j'avoue qu'à certaines questions, je répondrois toujours oui....

Dans les jardins de *Merlin* j'ai trouvé la baguette (*montrant une baguette cassée.*) qui a eu le pouvoir de réduire chez moi à deux mots, l'organe de la parole.... Si j'en faisois l'essai sur cette capitale..... N'ayez pas peur, Mesdames, vous faites trop bon usage de la vôtre, (*regardant les loges & le parterre.*) Comme tout le monde est tranquille..... ma menace réduit la folie même au silence, & ferme la bouche à la calomnie. Les vieilles oublient les caquets.... le tapageur est paisible, & toutes les langues sont enchaînées chez *Jonathas*(1). Le Magistrat prend un air plus grave.... ; le docteur songe à réformer ses mœurs ; l'homme de qualité à prendre un air de dignité, chacun va s'occuper de son état, & toutes les affaires se termineront par un *oui*, ou par un *non*.

Mais rassurez-vous, je plaisante ; ce n'est pas sur vous que je prétends exercer mon pouvoir magique, je le reserve pour la défense de l'Auteur : « J'en-

(1) Café près du Change, où s'assemblent les agioteurs.

» tends quelques critiques s'écrier, les anciens ne se » sont jamais permis de pareils ouvrages, c'en est » fait du genre dramatique! On ne voit plus sur » nos théatres que des *farces*, des *pantomimes* & des » opéras »..... Juges sévères, un mot; le Public est inconstant dans ses plaisirs & dans ses goûts, la variété seule a droit de lui plaire : au reste, « si les » Dieux applaudissent », & que vous daignez nous sourire, cette baguette reduira bientôt la critique à un *oui* ou un *non*.

FIN.

Largo
Yet a
while sweet Sleep de - ceive me fold me in thy
down - ey Arms let not Care a - wake to Greive me
with thy po-tent Charms.
doom'd to Stray
quit-ing young the parents nest find each
Bird A bird of prey sor - row knows not

Charmant Sommeil, trompe un moment mes sens, enveloppe moi de tes Ailes legeres: que les noirs soucis enchainés par ta puissance cessent de troubler mon repos. Comme une pauvre Tourterelle toujours errante, arrachée dès mon Enfance, des lieux qui m'ont vu naitre, chaque oiseau que je rencontre, est pour moi un oiseau de proye.

Allegretto

Oh why shou'd I Sor-row who
ne-ver knew Sin Let smiles of Con-tent shew our
rap - ture with-in our rap- - - - - - - - - ture with-
- - in Oh why shou'd I Sorrow who ne-ver knew Sin Let
smiles of Con-tent shew our rap-ture with-in Sy-
- - - - - - - - - - - - - - - - - - - This Love has so
rais'd me I now tread in Air This Love has so rais'd me I

Ah pour quoi s'affliger, quand on à pris l'Innocence pour guide. que le sourire du plaisir annonce mon bonheur. l'Amour eleve mon ame, il semble qu'elle plane dans les Airs. Ah c'est le Ciel sans doute, qui veut adoucir mes malheurs.

Andante

While Mor-tals Charm their Cares in Sleep and

De-mons howl be - low Ur-ganda calls Us from the

Deep A - rise ye Sons of Woe E - ver

Bu-sy Ever Willing Ever horrid Task fullfilling

Which Draws from mor tal Breasts y Groan and

Tandis que plongés dans un doux Sommeil les Mortels perdent le souvenir de leurs peines; tandis que les Demons gemissent dans leurs demeures souterraines, Urgande nous rappelle du fond des abimes. Barroisés enfins de la douleur, occupés vous à remplir l'horrible devoir qu'elle vous impose arrachés aux mortels des Plaintes et des Soupirs, et que leurs tourmens egalent les notres.

www.ingramcontent.com/pod-product-compliance
Ingram Content Group UK Ltd.
Pitfield, Milton Keynes, MK11 3LW, UK
UKHW020922180726
13838UKWH00002B/695

9 782329 259741